永遠都要保留你心中最明亮的那塊地方

愛麗絲
Alice

你不必靠別人來點亮自己

作家阿飛

我時常看愛麗絲的社群動態，相信大部分的網友除了喜歡看她的日常穿搭打扮，也跟我一樣喜歡看她分享的愛情觀點，每次看她各種愛情主題的貼文，不管是自己的有感而發，還是回覆粉絲的感情問題，那些一字一句，會讓我不禁懷疑她那活潑可愛的青春外表下，其實隱藏著一個成熟有智慧的老靈魂。

曾經有讀者問我，為什麼大部分的愛情都會不順利？總是會被某些問題困擾？我想，愛本來就是看似簡單實際複雜的，它的簡單是在只要兩個人情投意合就能成立，而複雜的地方在於相愛只是基本，其中還有許多部分需要彼此和諧才能真正走得長久，比方說相處，比方說信任，比方說家庭背景等等。任何理由都可能是兩人乾柴烈火的燃點，同樣地，任何細枝末節也能成為破壞感情的爆點。

而同樣的感情問題為何老是發生，我認為，愛這回事，經過不同階段，觀念或許會變，但內心深處的需求與盼望說不定一直存在著。有人渴望著安全感，有人希望自己能主導一切，也有人急著填補原生家庭所產生的空缺，一旦無法滿足內心的真正需求，兩人的相處就會出現裂痕，進而崩毀。

關於愛，總會談及兩人的互動與相處，不過我覺得回到根本，還是得要由我們自身開始調整，不管有沒有對的人出現，我們先把自己變成那個「對的人」，試著理解內心的盼望與問題，然後找到與自己的相處之道。自己變好了，身邊的人也會變好，好好善待自己，另一個人出現時也會懂得怎麼善待你。

面對愛，我們只能盡量淡然，不強勢也不委屈。在愛情裡很難談公平，只有你自己覺得是否值得。兩個人相處應該要自在，而不是沉重。彼此對待要的是認真，而不是任性。你們可以慢慢磨合，但是不要一直磨損。你們可以一起難過，但是不要一直痛苦。愛是兩個人的，不過自己的感受才是基礎。

愛麗絲在這本書中分享了對於愛情的經驗談與看法。一段又一段的短文，言簡意賅，直搗重點，簡單的一段話，內含著兩人相愛相處的重要命題與道理，就像他給人時而俏皮時而成熟的形象，書中的文字也有著各種面貌，有些像是姐姐般的善意提醒，有些則是像是感情教練般的字字扎心，也有些像是閨蜜般的溫暖療癒，我相信那些文字能夠讓讀者體悟一點對於愛情的道理、讓自己成長的動力，以及重新再愛的勇氣。

美好的愛情，即使是你在付出，也會感到由衷地開心，如果沒有，請思考怎麼樣才會開心。請記得我常說的一句話：談戀愛要開心，不是找罪受。

別再虧待自己了，好好打扮，好好吃一頓，翻翻幾本不錯的書，多多和親友們聊一些沒營養卻開心的事，或者一起罵罵討厭的人，去抱抱愛你的人，不然抱抱毛小孩也很療癒。那些糾結的點、糟糕的人，就放開心慢慢隨時間淡去吧，你不必靠別人來點亮自己的生活，因爲你可以把自己活得閃亮。

推薦序

藝人阿蹦

幾年前的我們曾是不熟的節目固定班底，一場偶然的巧遇變成了彼此生命中的知己；認識愛麗絲已經很多年了，但在這一年才眞正地往彼此的心底走深。

妳身上總是散著溫暖又明亮的光，照亮了我心中的暗處，我便在那一刻明白，原來許多事都是宇宙替我們安排好的。

我們都是喜歡付出的人，唯有在那一刻才會踏實的覺得自己存在，但這是必需的嗎？在我此刻看來它不是必需的哦！這本書能教會每個人更認識自己，每一段書寫都猶如一盞暖燈，謝謝妳一直爲我們亮著，因爲妳教會了我們如何更愛自己。

推薦序

作家知寒

如果你曾經、或是正遭遇著情感關係裡常見的各種疑難雜症，對自己、對對方不免感到失望、迷茫的時候，眞心推薦愛麗絲的這本作品。

誠實地說，它不能即時地告訴你「該怎麼做是最好的」，它並不應許你任何迫切的祈禱，它只是用著一篇篇日常且扎實的經歷，用著像朋友般熟悉而溫柔的話語，輕輕地訴說與你相似的故事。沒有嚴肅地指正、也不指責怎麼樣的應對是必然的錯誤，或許是因爲也曾走過那樣的岔路，或許是因爲也曾那樣去想、那樣去愛。沒有人能總是完美地處理感情的困境，也沒有誰的方式或想法一定能是誰的標準解答，這本書它更像是無害的提醒：「親愛的，你其實可以這樣來理解自己，其實可以嘗試用這種角度去思考，其實可以去擁抱許多使你解脫、使你放下的可能，更重要的是，你値得好好被愛。」

她透過自身經驗以及與網友之間累積的相關問答，整理並撰寫出這些眞摯並貼近你我生活的文字。各種情境與對話的記錄、描寫，平凡但足夠一針見血，卻也總能在讓讀者觸景傷情後，用專屬於她的溫暖筆觸細心包紮、耐心護理。

是在感情裡受過傷的人也好，是在感情裡曾傷害過他人的人也罷，就來讀一讀這本書吧。對曾經自己或對方的感受和舉動都有了更多的理解以後，下一次，希望我們都能善良地去愛、也安心地被愛。

推薦語

讀著愛麗絲的文字，有時覺得是她自言自語的呢喃，有時又覺得是身旁那個不忍心妳受傷、總會不小心嘮叨幾句的朋友，像深夜裡一通長長的電話，也像一個遠遠地溫暖擁抱。亮與暗總是相對的，謝謝愛麗絲勇敢地分享她在關係裡曾經的脆弱與傷口，讓我們有機會在裡頭找到自己的身影；因著被理解而願意繼續相信愛情，也因著願意接納悲傷而柔軟、而明亮。

作家蔡傑曦

自序

很多次想著爲自己的書寫作者自序，沒想到眞正提起筆的這一刻，竟然有些緊張與不安。這些複雜的情緒來自於一直問自己：「不知道這第一本屬於我的書，能不能打動大家，能不能讓這些文字的溫度與情感，在我和你們之間成爲一股暖流？」

大家都說二十九歲要低調，因爲運氣可能會沒有那麼好，但我想著，在二十九歲的這一年，即將奔三的這一年，即將結束最青春的二字頭，這時候的自己，把這本書完成出版，是最對的選擇。

十幾歲的自己比較多的是懵懂與衝勁，不管做什麼就是一股腦的往前衝，談戀愛也是這樣，永遠都是抱持著，只要我喜歡，我就要努力到最後，不管自己有沒有受傷、會不會後悔。走入二字頭的前期，還是帶有這樣的堅毅與勇氣，但慢慢的開始害怕受傷，不再那麼義無反顧，有些事情留給自己就好。

二十好幾的自己，受過幾次傷，擁有了防衛機制，知道了原來愛這件事，不是我喜歡就可以，要懂得保留，明白照顧好自己才是最重要的事。

二字頭的最後，回想了這些年來自己所談過的戀愛，發現自己要的其實已經不是十八歲的跌跌撞撞，不是二十三歲的轟轟烈烈，也或許不是二十六歲的用盡全力，我想要的，其實很簡單：只要恬淡平穩，歲月靜好。

謝謝購買這本書的你或妳，不曉得你給自己的戀愛學分打幾分，我想說的是，不管你幾分，修的好不好，這本書不是教科書，希望它是能在你低落、煎熬、無助、徬徨時，隨意翻開能有幾句能療癒安慰到你們的小確幸，能帶給你們一些溫暖，一些力量，一些勇敢。

也願我們都能在未來的日子裡，遇見光，也做自己的光。

消化情緒

有次跟朋友聊天，我們開始回想起過往自己所談的每一段戀愛有什麼雷同或是不同之處。

我想了想，我發現有句話我很常聽見：「你可不可以不要這麼愛找架吵。」

每每我聽到這句話，還沒探究原因，火氣就先上來。總覺得會吵架就是兩個人都有問題，誰會無聊沒事找架吵，又不是吃飽太閒。

當然，會有爭執摩擦，確實不會是一個人的責任；但我也思考了一下，我發現我是一個不懂得在情緒高點停損的人，無論是對我還是對對方。

我性子急，喜歡自以爲是的講道理跟解決問題，總是想在問題發生的當下，無論彼此情緒在哪，我要現在、立刻、馬上的處理。

但這樣的狀態很容易會造成反效果，也更容易激怒對方，最後落得兩敗俱傷的收場。

其實情侶間就像一面鏡子，你和對方的情緒是會被互相牽動的。如果有一方的情緒處在高點，你接著也跟著起火燃燒，那你就成爲了燃點，然後兩個人一發不可收拾。

慢慢長大我發現，其實我急著拉著對方要解決問題，都是因爲我沒有安全感，我怕我現在不解決，是不是就沒有機會了？

我常常懊惱，爲什麼我只是想要解決問題，卻把問題變得更嚴重。其實這時候，你什麼都不用做，你不用爲對方煩惱，你也不用急急忙忙想做些什麼，你只要好好的消化自己的情緒，無論用什麼方式。

兩個人在一起某部分來說就像是生命共同體，不會有那種「你氣你的我過我的日子」的狀態，所以如果眞的爲了彼此好，在情緒的高點就先適時停損才能把傷害降到最低，等情緒消化代謝過後，再來好好解決問題。這時候，也會變得簡單的多。

給，喜歡付出的你

我一直都是屬於付出型的人，對於我愛的跟我在乎的人，我以爲只要我做的夠多，對方就會更在乎我或是更需要我。

近幾年，我發現我好像需要藉由「被需要」這件事才感覺到愛，但其實這是很病態的，因爲過度的付出，會讓彼此的關係失衡，也容易讓對方有壓力。更重要的是，你自以爲爲對

方好的付出，對方不一定需要。

所以當對方的反應沒有達到你心目中理想的程度，你就會失望、失落，接著也許就也覺得自己不被愛，是不是對方變了？

你做了那麼多，爲什麼他沒有感動，我們想要透過付出得到在乎，卻沒想過對方需不需要，這樣的想法其實是有點自私的。

無論你的付出是關心、送禮，還是種種你覺得「爲對方好」的事情，只要多了善意都會變成壓力。

所以我們都需要時時提醒自己，當你又想要過度關心、付出的時候，告訴自己：先不用做這麼多，練習把這些時間跟心力留給自己，眞的會過得輕鬆很多。

常常說要愛自己、愛自己，愛自己到底是什麼狀態呢？

就是無論你做什麼事，「你會第一時間考慮自己的想法跟感受」，你不會過度勉強或是委屈自己要去配合。你以自己爲第一考量，沒有人可以動搖。

這聽起來很簡單，但做起來不容易。但可以慢慢練習，從做自己喜歡的事情開始，慢慢找回對自己的認同感，以及消化自己不安、缺愛的負面情緒。

不要透過付出以及犧牲，來換取對方的愛，這樣的狀態是很不健康的。

你要記得所有的一切，都是剛剛好就好。對於所愛的人，彼此的關係要平衡，不要讓彼此有壓迫感，這樣關係才會走的長久，你的整體身心狀態也才會健康，才能感覺到被愛呀。

親愛的，晚安

1.

你做的任何事，如果對象是一個不愛你的人，不管你做了多少，都是自己情感的寄託還有期望，所以，不要再覺得自己的犧牲奉獻很偉大，也不要再問為什麼你做了那麼多對方都無感了，因為他不愛你，但你心甘情願。

§

做了太多，擁有太多期待，當期望值沒有達標的時候，就會覺得心情一落千丈大受影響。付出，是你願意的，期待，也是你給自己的。所以，收起這些不成正比的付出跟卑微的期待，重要的不是做的多還是少，而是對方看見了嗎？有沒有懂得珍惜？如果沒有，那這些都只是你在消耗自己而已。晚安。

2.

你甚至忘了從什麼時候開始，不知怎麼回事的開始變的沒有自我，像一隻小寵物一樣盼呀盼的，等著對方看你一下、給你一點，當他比你預期再多表現些什麼的時候，你就心滿意足。忽略你的時候，你意興闌珊的提不起勁，好累呀。

§

看著像小寵物一樣的自己，你快樂嗎？你的快樂來自於對方的快樂，你變成依附在對方身上的附屬品，隨時害怕掉下來，所以要花更多力氣緊緊的抓住。

§

幸福跟快樂不應該是一種奢求跟期許，而是一種平衡，要自己給自己才夠保險。過於依賴萬一有天不幸的失去了主人，你就什麼都不是了。當一個可以給自己幸福跟快樂的人，即使失去了某些東西，也能夠給自己滿滿的愛與安全感。晚安。

3.

努力的愛自己，才是報酬率最高的投資，看起來很簡單，其實有點難。沒有什麼最具體的方式，所以努力從對自己好、不讓自己受委屈開始。

§

如果因爲一個糟蹋妳，不珍惜妳，根本不把妳的喜怒哀樂當成一回事，讓妳傷心難過的人，把自己搞的一蹶不振、灰頭土臉，一點意義跟價值都沒有，因爲對方不會因爲妳這樣而反省，可能更不會有半點的難受，他都不在乎了，妳要哭給誰看？

§

停止沒有意義的付出跟犧牲，多花一點時間聽自己說話，喔，對了，眞正愛妳捧妳在掌心的人，一定捨不得妳受苦捨不得妳傷心，只希望妳快樂的做自己，所以你的這些委屈跟犧牲，眞的一點必要性都沒有。晚安。

4.

小的時候，總以爲愛是一個感覺，可能是某個輕輕觸電的瞬間，也可能是轟轟烈烈的喜歡，激烈的爭吵，強烈的佔有，因爲覺得當下感覺對了，所以認定自己愛這個人。

§

長大以後，漸漸發現，常常聽到的，感覺不對、淡了，其實也就是一個藉口。因爲愛不光只是用感覺來支撐，建立在感覺之上的愛是不夠堅固的，妳永遠沒辦法預知另一個人的情

兩顆「零距離」的心，

才能夠

成立「遠距離」的愛情。

緒、想法，比感覺更重要的是相處。

相愛，是一段互相理解、包容、付出、珍惜的過程，即使可能沒那麼幸運的，最後只剩妳一個人單方面的付出，那也沒關係，妳只是比別人更珍惜而已。

記得，不要付出到把自己也搞丟了，懂得付出，懂得珍惜的妳，是最值得被愛的。晚安。

5.

大家都明白，在感情裡應該獨立自主，即便是相愛的兩個人，彼此都是獨立的個體，但能夠眞正不過度依賴對方，眞的是難上加難，總是在一個不小心就越陷越深，然後甚至連最初的自己都給丟掉了。

§

很多時候你的失望、沮喪，其實都是因為，世界只剩下一個窗口了，你把全部的重心、全部的注意力都投向這裡，所以過度的渴望能有所回報，心情也跟著這扇窗陰晴不定，有陽光的時候你心裡暖洋洋、喜滋滋，陰天的時候你獨自落寞覺得不被重視。

久了對方說：「我壓力很大，要窒息了。」你覺得自己的世界一瞬間崩塌，失去了全部。

§

親愛的，你想過嗎？百分百的自己你給了另一半多少？留給自己又是多少？陪著你的人叫做另一半，所以也眞的給一半就好，另一大半，好好的留給自己，對自己好，喜歡自己。

過多的愛與關注不會是甜蜜的負荷，只會是壓力的根本，你要多爲自己開幾扇窗，不需要只期許愛情的這扇窗有和煦的暖陽，多了幾扇窗，微風徐徐，你才會更快樂。晚安。

6.

總是要到傷心了、難過了，或是對某個人失望了，才想起早知道就對自己好一點了。可是，對自己好怎麼會是放在這麼後面的事情？

§

很多時候我們急著付出所有，急著想照顧別人，急著讓對方知道我很愛你、我是爲了你好，但有時候不是能馬上被對方理解跟回應。於是，「你是不是根本不在乎我？」的念頭就會油然而生。但你這麼迫切想讓對方知道你愛他的心意，爲什麼不多留點善待自己？你以爲的善意跟關心，也許你自己比對方更需要。

§

如果你連自己都照顧不好，要怎麼照顧跟愛對方？你得先照顧好自己，再邀請別人加入你的生活呀。晚安。

7.

我是一個非常非常討厭冷戰的人。一，是因為我個性急沒耐性這樣耗著看誰先低頭認輸；二，是冷戰太廢心神到最後兩敗俱傷問題還是沒解決。

§

「冷靜」跟「冷戰」不一樣，吵架要保持冷靜各退一步給予空間，但為什麼需要冷戰？既然是戰，也是爭吵的一種呀，冷戰的過程中，每一分一秒也都是傷害呀，不只會失去耐心跟包容，還有很多的喜歡跟愛也會跟著被消磨殆盡，最終問題沒解決，但情份被消耗的所剩無幾。

§

親愛的，我們都不是鐵石心腸，所以不要用冷戰去對待自己心愛的人，也別讓另一半這麼對待你，戰到底、忍到底的人未必就是對的，也沒有比較厲害，先釋出善意的人，並不是認輸妥協，他們願意暫時放下這些不開心的情緒主動示好，去打破僵局解決問題，是因爲在乎你，也是因爲你比他的面子更重要，一起當一個柔軟的人擁抱身邊的人吧。晚安。

8.

不要再像偵探一樣觀察前任的社群平台，然後在找到任何蛛絲馬跡的時候傷心欲絕，也不要再問到底你哪裡比不上那個╳╳╳？他爲什麼不愛你？

§

愛一個人從來就不是一件錯事呀，只是有時候沒有那麼幸運，對方愛你的程度可以跟你成正比，但如果你明知道對方不愛你了，卻還是要死命的堅持下去，就是你的問題，因爲這些傷害是自找的，也不值得被認可跟體諒，離開一個不愛你的人，不管是主動還是被動，都是一件好事，也該謝謝這個不愛你的人，讓你學會了怎麼愛人。

§

親愛的，不要去質疑自己的眞心爲什麼這一次被糟蹋了。懂得愛人的人是最善良的，也

兩個人相處
傾聽體諒
比是非對錯
重要的多

是最值得被疼愛的，別讓悲傷拖住你太久，傷心過後，哭一哭，眼淚擦一擦，還是要勇敢的面對往後沒有了他的人生，把自己的日子過的體面精彩，這時候你會發現，對方會不會後悔？有沒有後悔？於你而言都已經不再重要了。晚安。

9.

兩個人相處有些爭吵在所難免，只要不是太誇張的行徑，小摩擦或是一些負面情緒，基本上睡一覺起來就能煙消雲散，偶爾有些大碰撞，兩個人好好溝通也能和好如初。但如果是欺騙或是不尊重你，請不要慣性原諒，是非不分的忍受，導致對方可以一再侵佔你的底線，然後你拼命的往後退，到後來你已經不知道，當初自己的原則到底在哪，甚至沒辦法保護自己，或是為自己爭取一點什麼。

§

親愛的，你可以包容，但請不要縱容。忍讓一些不合理的事情，不僅讓自己總是活的委屈，也讓你們兩個都在退步互相拖磨，到最後變成浪費彼此的時間。我們要當個懂得寬容的人，但該捍衛自己的時候，也請不要因為害怕失去而退縮，兩個人一起變好才是，相愛的意義呀。晚安。

10.

對方生氣不管三七二十一，你立刻放軟道歉，對方要你幹嘛，你不會有第二句話，使命必達，對方一說有空，即使你已跟朋友約好，也可以因為他立馬推辭。久而久之，見到他朋友的時間比跟自己朋友相處的時間多上好幾倍，你沒有了自己的時間，自己的朋友，自己的生活，像一個汲汲營營在追求對方認可的空殼。

§

有句話說：「太愛一個人的時候，是不快樂的。」我覺得很有道理，不是要你不去愛人，而是，當你太愛一個人，放了太多的重心在他身上，繞著他轉的時候，你全部的情緒都被他牽動，反而感受不到自己的喜怒哀樂，他開心你就覺得安全感滿分，他一動怒你害怕的是不是自己又做錯事了，是不是他不愛你了？是不是又要失去他了？你所有的快樂都建築在對方身上

§

親愛的，兩個人相處應該要舒服自在的配合，不要讓自己總是委屈又卑微的迎合著對方，多留點時間給自己，聽聽自己心裡的話。別忘了，在進入這段關係以前，你也是獨自一人，是個完整的個體，別因爲走進關係就丟了原本的自己，屬於自己的那一部分，不管什麼時候都要好好的珍惜著。晚安。

11.

「別人都可以爲什麼就你不行？」「如果你做不到，那你就是不愛我。」不要去比較誰的另一半，爲什麼可以做到什麼，每個人表達愛跟付出的方式都不一樣呀。被比較的人，心裡除了難受還會有滿滿的失落。

§

不要要求、勉強對方一定要做什麼才是愛你的表現，不滿意，你可以選擇離開，但不要自私的想把對方完全變成你心目中理想情人的模樣。如果因爲你硬性的規定，或是耍了脾氣對方去做了某些事，那他們是因爲心甘情願這麼做？還是他們只是「不得不」這麼做？反之，當你不再過度要求，而對方發自內心想爲你做點什麼的時候，那種付出以及你的接受，才會是最眞誠的情感交流。

§

親愛的，不管是家人、愛人、還是朋友，所有的付出、喜歡、還有愛都不是理所當然。而我們，該懂得珍惜每一種大大小小的關心與愛，有個願意爲你付出的人，是件很幸福的事情。晚安。

12.

女生不是難懂，只是希望在你身邊可以不用太堅強，即使有點任性也沒關係，吵架的時候刀子嘴，但內心根本豆腐渣一擊就垮，需要你的時候，假裝沒關係，難過的時候請你離開，說再也不想理你，女生不是好戰，只是希望就算跟你吵架了、傷心了，也能在冷靜後好好溝通，和好後牽著你的手繼續走下去。

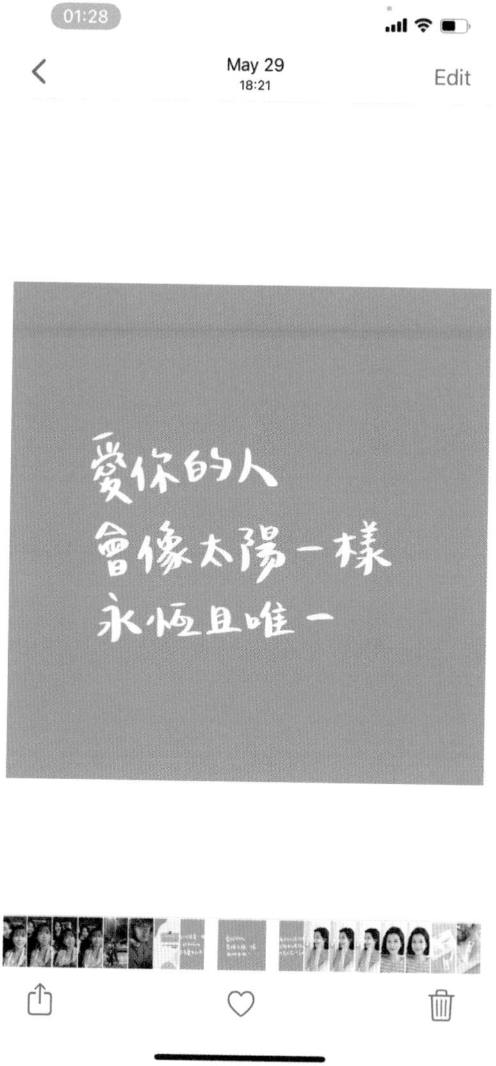

親愛的，女生說的再多反話也請都不要當眞，就只是想要你多哄一下，多問一次，多關心一點，想要偶爾的小任性能被你包容，讓她感覺自己被在乎，在你身邊擁有滿滿的存在感及安全感。只是想更確定不管發生什麼事，你都會一直在身邊而已。晚安。

13.

#給曾經失敗，所以害怕失去的你

過往失敗了幾次，因此你害怕賭注，防備了任何自己可能失守的情況。

§

因爲沒有自信，因爲害怕失去，因爲不夠勇敢，總覺得自己不配擁有手中的幸福，所以患得患失，總覺得現在屬於自己的一切，總有一天又會像過去那樣灰飛煙滅。但你不能因爲這樣否定所有愛的可能。

§

親愛的，愛情雖然是一種賭注，卻也是一種籌碼，不管輸贏都讓你在過程中學習成長，勇敢的往前走，願我們都能安穩自己的心，能讓自己處在最好的狀態，遇見最好的人，得到最好的幸福。晚安。

14.

#不是每一種失去，都是不好的

太用力愛一個人的時候，你就會忘記要多愛自己一點，也因爲太用力的愛人，會以爲所有的事情只要努力都會有轉機，直到開始意識到很多人很多事，不是努力就可以留住、就可以擁有。

§

離開一段關係以後，都會經歷一陣撕心裂肺的傷痛期，這時候你會無止盡的懷疑自己，質疑對方，爲什麼本來好好的卻突然變成這樣？爲什麼你說我對你很好可是你卻不要我了？諸如此類各種問題你問過自己一千次一萬次，可是除了不甘心以外，你似乎也找不到其他的答案了。

§

親愛的，走出傷痛期，你會慢慢感謝這個不適合、沒有打算要跟你走到最後，遲早有一

雖然沒有天生一對，
但我們後天磨練，
成為彼此的絕對。

天還是會離開你的人，他在的時候，你把所有全部都給他，謝謝他現在走了，讓你可以毫無顧忌、放心的、把最完整的愛都留給自己。晚安。

15.

#這樣的失去，你值得爲自己開心

不要埋怨，不要感嘆，你應該要感謝，一個不愛你、不願意對你好，甚至會傷害你的人，強留在身邊也只是一種慢性折磨，讓你感受不到愛也無法好好的愛自己，他做的最好的事情，就是離開你。

§

有幾個瞬間你甚至覺得，呼吸都會心痛一點也不誇張，過了吃不下、睡不著的悲痛期，一天天的你還是走過來了，慢慢學會感謝他的離開，因爲這樣才讓你有機會帶著心痛轉身，而遇見更好、更值得的。

§

親愛的，放下這些捨不得跟留戀，也放下這個心已經不在你身上的人，整理好自己後再重新出發，一回頭你會發現，你已經看不上那個當初頭也不回拋棄你的人，因爲你成爲了更好的人，而他已經追不上了。晚安。

16.

小的時候談戀愛，容易把感情給的多、給的滿，因爲你以爲只要夠愛，對對方夠好就不會失去他，所以你盡可能把最多最好的全部都給對方，結果到頭來還是沒有得到個好結果。

§

走過了幾年，經歷過跌跌撞撞，哭過、傷透過也懷疑過，不斷的問自己，會不會其實是我的問題？是不是因爲我不夠好才會一直被丟下？所以你把一切的傷心，都指向自己太過重感情，即使被傷害了離開時還是無法抽離，也無法走的瀟灑。

§

親愛的，請不要灰心，失戀，只是失去一個戀人，並不代表你是一個失敗的人，不需要因爲這樣而否定自己，你因爲失去了不愛你的人，而想在下段關係裡成爲冰冷的人，是不公平的呀。

重感情，是你表達愛的方式，都不是一種錯，即使遇見了幾個不夠愛你的人，也不需要去怪自己，因爲眞正讓你受傷的不是因爲自己的情感，而是這些感情對錯人，將來的某一天，你一定會找到對的方向對的人，他也會好好牽著你一直一起往前走。晚安。

17.

相愛需要兩個人的同意，分手只需要一個人的選擇，再熟悉不過的話。不過當眞正發生在你自己身上的時候，總是想不透爲什麼這些事會這麼難這麼無解，明知道對方不好、不適合你，抑或是一百個缺點卻想不到一個優點，卻還是不想鬆手，到底爲什麼？

因爲分手絕大部分，其中一人都是非自願以及被迫同意的，所以你不甘心，憑什麼是他提分手？憑什麼我對他那麼好他卻要先離開？公平嗎？不公平，但這是事實，所以你得接受。

§

悲傷跟不捨都會隨著時間淡卻，但如果強拉著不適合的人，耗費了大把的青春以及心力，最後什麼都不剩，只會變成幫別人教老公、養老婆。所以，有些人離開了是好險，有些關係切斷了是好事，因爲離開了不對的人，你才能往對的未來前進跟努力。

§

親愛的，失戀眞的很痛苦，但哭過痛過後，我們都會慢慢開始變好，你會更知道自己需要什麼，也更知道要怎麼愛那個下一個愛你的人，重新整理好自己，才能在更廣闊的世界裡，與下一個更適合你的人相遇。晚安。

18.

你有遇見這樣一個人嗎？讓你不再需要懷疑自己、否定自己，覺得自己是不是哪裡又做不好了，成天活在焦慮緊張中，他或許沒有特別做什麼，但他會讓你覺得自己是最好的。

§

一個人能夠讓你肯定自己、更愛自己，這樣的你們，體現了一加一大於二的可能，也正因爲他讓你覺得自己很好，所以相處起來就會更合拍更穩定，一步一步的就走的更久更遠了。

§

親愛的，終於發現，我們要的不是「完美」而是「完整」，完美的愛不真實也不切實際，有一點小缺陷、一點不完美，但還是包容著這一切使它完整，這才是最好的愛，你身旁的他是這樣嗎？總是肯定你、愛護你，給你溫暖給你依靠，因爲有他，你才能成爲更好更幸福的自己。晚安。

19.

「以前，你會一心考慮對方的喜好，所以努力變成了他喜歡的樣子。」因爲對方喜歡，所以你改變，只覺得自己付出很多、全心全意，但有天你發現，對方並沒有那麼感激你的一切，甚至不能感同身受你做的這些，你開始質疑自己爲的是什麼？

§

兩個人相處，改變不一定是壞事，你們可以一起變好，一起變得開心，但最重要的是，這些改變有沒有讓你認同自己、喜歡自己？

§

親愛的，有個人陪你一起變的更好，你也很喜歡這時候的自己，你不需要勉強、不需要委屈，跟這個人相處你自在、開心又幸福，這樣才是最好的愛情，最好的你們。晚安。

20.

這個人、這段關係，在成爲彼此的前任後，都已經結束了，無論你的前任好與不好，你對他懷念與否，都不重要了。每想念一次，就是讓你更傷心更留戀，放下就是妳最該做的事不用當朋友，也不用再執著於你們再次相愛的可能。

錯過、失戀

都是為了讓你

與更好、更適合的人

即早相遇

§

有句話說，你愛一個人多久，要忘記他就要花雙倍的時間，但只要你開始努力了就是好的開始，告訴自己，不管心裡的那個你，過的好與壞，我眞的都不想再想你了。

§

親愛的，你還在想念那些，曾經傷你很深或是愛你很久的人嗎？好好的跟自己心裡放不下、走不開的人事物道別，照顧好自己，未來等待更好的人來照顧你陪伴你。

21.

「沒有那麼多的喜歡和愛，我們都是爲了彼此，磨成了最好的樣子。」這是我很喜歡的一句話，願意磨合的兩個人才有走下去的可能跟必要。

我一直都覺得支撐兩個人在一起的最大根本，除了愛，更重要的一部分是：「因爲我想

一直跟你在一起，所以我努力磨成最適合你的樣子。」而因爲愛你，我的磨合不委屈、不勉強。

§

剛開始，你可以包容對方的小缺點、小瑕疵，任性跟彆扭你都覺得可愛，耍脾氣你也能放低身段低聲安撫，時間久了，也許你會開始不耐煩，挑三揀四，覺得對方莫名其妙，你會抱怨對方的不成熟、不體貼、不溫柔，你會覺得對方跟以前不一樣了，爲什麼呢？因爲愛會隨著時間有濃淡，而你想磨合的心不夠堅固，所以你開始覺得「我們是不是不適合？」其實沒有那麼多的適不適合，只有我願不願意爲了你繼續磨合。

§

親愛的，我一直都覺得最浪漫的事不是我愛你，而是，「我願意變成那個更適合你、更好的人。」包容、體諒、改變遠比愛跟喜歡還要更重要，我們都不完美，也不需要完美，只需要你牽著我一起往下走，一起變成彼此心裡那個最好的人。晚安。

22.

「因爲我知道，即使我不夠好，你還是會在，你會讓我知道，我在你心裡是最好的。」我有小缺點，你也會有小瑕疵，我知道我們都不完美，但因爲是你，所以我還是覺得是最好的。

§

常常收到一些訊息，看到一些會在關係裡懷疑自己的人，會覺得自卑、覺得自己不好、否定自己，對方愛你，夠喜歡你，不管你如何，即使任性、鬧彆扭，都覺得你可愛、都覺得你好，不愛你，即使你努力讓自己做到一百分，無懈可擊，他還是挑剔，所以，重點不是你好不好，而是那個人夠不夠愛你。

§

親愛的，一段關係裡面不需要兩個完美的人，只需要一個夠愛你的人，因爲夠愛你，所有的不好我知道我們都會努力變好，在我心目中，你就是那個最好、最適合我的人。晚安。

23.

眞正的愛情，不是童話故事，過往談戀愛，我們會期待對方是白馬王子，外表、個性、身高、條件最好都達到滿分，卻發現，一遇到困難，王子逃之夭夭，兩個人的關係不堪一擊。

50

永遠都要保留
你心中最明亮的
那塊地方

§

會丟下你不管的，即使是個白馬王子，那又如何？那個比王子更值得的人，是即便兩個人有爭吵、有摩擦，還是會告訴你，「因爲不想失去你，所以我們再試一次。」而你終於知道，那個會爲了你努力的人，比那些給你一大堆冠冕堂皇的承諾的人重要得多。

§

親愛的，那個願意包容你所有，能夠在在挫折困難、爭吵摩擦還是不丟下你，還是要牽著你繼續往下走的人，是最珍貴的，這都不是理所當然，只是因爲他夠愛你、夠珍惜你，而你很幸運的遇到了這樣的人。

24.

我覺得一段好的關係是，我給你空間，你也讓我安心。我信任你，所以不懷疑、不猜忌，而你尊重我，所以不消失、不欺騙。因爲我在乎你、愛你，所以，所有不好的、不對的、會讓你傷心的、會傷害彼此關係的事情，我會因爲捨不得你傷心難過，所以不需要你提醒我，我也不會去做。

你要找的，
不是沒有缺點的人，
而是那個願意接納，
你的缺點的人。

§

讓彼此安心是一種「自律」也是一種「默契」，信任是互相也是需要累積的，時間久了築起來的默契會讓兩個人的關係更穩定。也請記得，比起那些會被時間沖淡帶走的排場跟驚喜，最平凡、最簡單的「安心」，才是一個人對你最大的用心。

§

親愛的，彼此讓對方安心，可以開心跟姐妹逛街喝下午茶，也可以放鬆跟兄弟聚會小酌，一個在乎你的人，一定會讓你放心，無須擔心。這是我心中，最大的浪漫。晚安。

25.

「原來很多時候你只是因爲害怕失去，所以習慣原諒。」大家有看過電影「原諒他77次」嗎？是我很喜歡的一部港片，喜歡這種有故事性又寫實的電影。

相愛不簡單，但要勇敢離開更難，所以多數的人選擇不要面對眞相，抱著走一步算一步的心態繼續苟延殘喘，於是，你的情緒大喜大悲，因爲你心裡知道不踏實，隨時有可能會崩蹋。

§

你想過嗎？你對對方的原諒包容是有限度嗎？是不是因爲慣性原諒，導致每一次傷心難過時，儘管動了離開的念頭還是走不開？爲了慰留自己留在這段關係裡，所以你開始會無視自己的感受，掩蓋自己的失望，甚至連出軌、欺騙等等不好的、不對的事情，你都概括承受？對方利用你的心軟、你的善良、你的溫柔，一再挑戰你的原則跟底線，他不需要太爲自己的行爲負責，也可以繼續無賴的與你相處。因爲他知道，「即使你生氣了，還是會原諒他。」

§

親愛的，原諒幾次是包容，再多就是縱容。一個不珍惜你的人，就算你原諒他77次，第78次他終究還是會犯錯，而你願意這樣經歷每一次的心碎，再無止盡的退讓嗎？你是那麼好的一個人，你該做的不是原諒別人，而是原諒自己，原諒自己讓自己受了那麼多委屈，未來在對別人好之前，你要先對自己更好。晚安。

26.

一個人中樂透的機率大約是七億分之一，而世界上有七十七億左右的人口，能遇見對的另一半的機率是七十七億分之一，跟中樂透相比少之又少，想一想是不是覺得很浪漫？

§

即便兩個人非常了解彼此，若是不懂得互相體諒，那終究還是會走向不適合。兩個一開始都是陌生的人，不斷在關係裡學習、碰撞、磨合，找到了最合適的平衡點，讓你可以在對方面前，自在的做自己原本的樣子，不用害怕他嫌棄、介意，對方能接納、並愛著這樣真實的你，是多麼難能可貴。於是，你終於開始明白，愛情最完美的樣子，不是我們不犯錯、不吵架，而是我們學會彼此包容、彼此認同。

§

親愛的，每一種相遇、相識、相知、相愛，都是緣分。要遇上你生命中的那七十七億分之一，更不是件簡單的事情。

已經遇到的人，在這偌大的世界裡找到了屬於自己的那七十七億分之一，你們真的很幸運，所以哪怕途中遇到困難、挫折，也要繼續牽緊彼此的手一起前進。等待的你，也不要懷疑自己能不能、會不會有這麼一天？一定會有的，而且那個人會讓妳知道，謝謝你的等待，妳是最棒的，所以值得這個世界上，最好的溫柔與幸福，更值得他一輩子好好的珍惜你。晚安。

27.

常常收到滿多的訊息關於，另一半說：「我還不夠好，等我變好一定把你追回去。」或是「一年後等我們都變好了，我們再繼續再一起。」這類相關的提問。其實我覺得這些最根本的問題，不是你們「未來」會不會繼續再一起，而是，你們現階段已經無法一起向前了。

如果沒辦法一起努力，那空談未來有什麼用呢？

§

我一直都不認同分手後會開出空頭支票的作法，因爲這只會讓走不開的那個人覺得，我們是不是還有機會？我要不要繼續等他？可是一個眞正愛你的人，是不可能想要失去你的，他想的會是如何跟你一起承擔、一起努力、一起變好，以及如何承擔起彼此間愛的責任，而不是不要你了，卻又讓你離不開走不了，還在等一個不知道會不會回來的人，這是很自私的。

§

親愛的，那個對的人，會努力的讓自己在「關係裡」變好，不會選擇離開你變好後「再回來」，也許還不一定會回來。所以，別傻了，別等了，人生很短，短到你不應該讓自己受委屈，找一個會和你一起努力、一起承擔所有好與壞的人，這樣一加一才會大於二呀。晚安。

28.

也許是幫你買飯，也許是接送你上下班，也許是帶著你出遊，也許是牽著你的手散散步，一些瑣碎的小事，一些日常裡的細節，但他會記得你說過的話，記得你喜歡的、不喜歡的，一個愛妳的人他會用行動讓妳知道，他有多愛你。

§

反之，每當對方又道歉了、知錯了，所以你又心軟了，一直重蹈覆轍著，這樣很累很辛苦，比道歉更重要的是，停止這些會讓你傷心的來源，不做這些讓你失望的事情，因爲愛你的人，他會捨不得你傷心難過，而不是做錯事以後再跟你瘋狂道歉，這樣日復一日的終究也只是彼此消磨而已，沒有意義呀。

§

親愛的，愛不是紙上談兵，更不是嘴上說說，比起甜言蜜語更浪漫的是，不需要多華麗的辭藻，多動人的告白，才能讓你知道我愛你，而是在樸實簡單的日常裡，帶著你一步一步走向有彼此的未來。晚安。

29.

煮沸的水會冷卻，相處也一樣呀，兩個很相愛的人也不會隨時都處在沸騰的狀態，彼此的情感有濃有淡，這些都是相愛的過程，我們要學習的是，如何在冷卻的時候依然緊牽著彼此一起走過。

§

有人問過我，要怎麼樣才能一直保持熱戀？以前我可能會說，要常常表達愛，維持儀式感，保持新鮮、保持熱情，這些都很重要沒錯，但現在的我，會告訴你：「能夠牽著手一起進步、一起變好才是最重要的。」這才是維持熱戀的不二法門。因為你們會在陪伴彼此成長的過程中成為更好的人，懂得包容、懂得體諒，也會更懂得怎麼去愛這個一直陪在你身邊的人。

§

親愛的，喜歡一個人不難，談戀愛也不難，難的是，這個人不管遇到什麼事，經歷了多少喜怒哀樂，都還是緊牽著你不會放開你的手，他會牽著你一起長大，一起熱戀，再一起慢慢變老。晚安。

30.

世界這麼大，哪有那麼多個性天生適合的兩個人呀，大家都是獨立的個體，有自己的想法、習慣，但比這些更重要的是，我知道，「你是我想要一直走下去的人。」

§

個性相似的兩個人就是絕對的合適嗎？你懂我，我懂你，但因爲沒有共識沒有目標，最終還是分開了，反之，南轅北轍的兩個人，經過了摩擦碰撞，卻因爲彼此有共同的目標，所以即使碰撞還是努力的調整、改變，因爲他們的努力不只是單方面爲了自己，而是爲了彼此。

§

親愛的，在改變之前也請記得，所有的改變都是「互相」的，如果這個人跟你沒共識，只剩你一個人單方面的做，那叫妥協、叫委屈。有共同目標的愛情，才有繼續相處下去的必要，才能一起把所有的不可能，都變成可能。晚安。

31.

還記得曖昧、剛開始熱戀的時候，彼此的樣子嗎？你做什麼對方都覺得可愛，你流淚了對方心疼的要命，一切都是那麼幸福、那麼充滿愛，當時你覺得，自己是全世界最幸福的人，有時候也會問自己，熱戀過後會是什麼樣子呢？

§

不知道從什麼時候開始，多了很多爭吵、摩擦，爲什麼以前可以包容的很多事，現在都變成地雷了？爲什麼以前看你哭會心疼的他，現在看到一兩滴眼淚就不耐煩？爲什麼那些快樂的從前好像都離你很遠了？因爲呀，相處不會一直是那麼甜蜜，會有「磨合期」會有「過渡期」，可是走過這些，我們依然對彼此不離不棄，磨了、過了，就都好了。

§

親愛的，繁華退卻，也許少了一些甜言蜜語，少了一點轟轟烈烈，但多了很多的踏實與心安，我們都明白，樸實平凡簡單的幸福，才是我們能夠一直攜手走下去的基石，擁有你的陪伴就是生活中最大的甜蜜。晚安。

32.

「我這樣做都是爲了你好。」「我們不適合，所以爲了你好，我們分開吧。」各式各樣理由藉口都歸咎給爲你好，所以這一切彷彿就該被認同、被合理化。愛情是兩個人的，憑什麼你說你爲了我好，我就要全盤接受，甚至要心存感激呢？所以呀，這樣的分手宣言不是大愛，

幸福是當我們

一起走著，

我知道，

你就是我最舒服的依靠

只是自私。

§

擅自的幫你做了很多，自認爲對你很好、很正確的決定，卻從沒有問過你，你眞正想要的是什麼？這不是爲你好，這只是一種情緒勒索，我們要的，從來都不是單方面爲誰好，能與你，一起討論、一起溝通、一起進步、一起變好。

§

親愛的，眞正的「爲你好」，是對方做任何決定之前，把你的情緒、想法都考量進去，尊重你的感受，這樣才是體貼、才是溫柔。隨著年紀漸長，我們一直在尋找的，都是那個能牽著你，和你「一起好」的人，那個不管好與壞，都願意與你共同承擔的人。晚安。

33.

遠距離確實比較辛苦，無法隨性的想見面就見面，無法一起度過每一天平凡的日常，但你會知道，在另一個城市、國家，有個人雖然離你很遠，心卻離你很近，還是陪伴著你，關心著你生活的點點滴滴，你們現在所有的努力，都是爲了有一天能一起在同一個地方，過著

永遠都要保留
你心中最明亮的
那塊地方

有彼此陪伴的每一天。

§

兩個人相處，最重要的不是彼此的距離有多遠，是對方有沒有用心？有沒有主動讓你放心？願不願意和你分享你無法參與的那一部分？不是發生任何事情，或是有摩擦、有爭執後，就通通推給距離，這樣其實不是無奈，只是無心而已。不管近距離還是遠距離，感情都是需要經營以及磨合的。倘若沒有心，即使每天生活在一起，對方還是有可能出軌、背叛。

§

親愛的，遠距離不容易，會很想念對方，有時候確實也會有點無力以及無助，但你要告訴自己，如果他是對的人，也一直和你在同個頻率上一起努力，就值得你等待，因爲經過淬煉的果實會是最甜美的，也期待彼此能夠一起生活的那一天。晚安。

34.

支撐兩個人最重要的就是安全感以及安定感，一段不安定的關係，一個沒有給你安全感的人，沒有繼續下去的理由跟必要，因爲這樣的愛情，不堅固也不牢靠。所謂的安全感，不是對方給你所有的帳號密碼，讓你操控他所有的行蹤，就表示這個人很愛你，因爲心懷不軌的人，依然可以找到縫隙使壞。

§

一個愛你、在乎你的人，最心疼的就是怕你難受，捨不得你擔心受怕，所以他一定會盡可能讓你安心、讓你放心，這樣的安心不是一時半刻，是他會讓你知道，以後的每一天，我都會給你滿滿的安全感，因爲你就在我的未來裡，怕你走丟，所以我一定會牽緊你。

§

親愛的，不管曾經受過什麼傷，經歷過什麼痛，你要好好的告訴自己、安慰自己，這些都過去了，現在的你、你們都是最好的樣子，放下這些不安全感以及患得患失、疑神疑鬼，一起慢慢住進彼此的未來，這勝過所有的甜言蜜語，因爲眞正的感全感就是，我往後的人生，

都有你，也希望有你。晚安。

35.

回頭看看自己，花了好多的心力在強求、在努力，後來發現對方根本不值得你那樣的挽回、留戀，到頭來不知道自己這樣是爲了什麼？你愛的人如果不夠愛你，那你所有的付出與犧牲，都只是單方面在付出、在討好，把自己搞的遍體鱗傷，然後一直在捨不得那個不值得的人，對方也不會有半點的感覺，甚至已經擁著新歡，展開新的生活。

§

對的人，

就是你在他身旁

覺得什麼都好。

你的執著與堅持，懷念著曾經多幸福、多美好，到頭來都會發現，其實這些回憶真的沒有那麼重要了，想一想，有時候你是不是只是不甘心而已？你不甘心自己輸了，爲什麼好像你比對方難受、比對方在意，其實你心裡比誰都知道，最根本的答案就是，「他沒有那麼愛你了。」

§

親愛的，人生很短，短到你沒有時間去委屈自己，你現在覺得捨不得，並沒有錯，因爲你是個善良的人，你有情緒、有感情，但你的善良該被呵護、該被珍惜，捨不得都只是過渡期，時間過了你就會發現，這些人不值得你用盡全力對待，擦擦眼淚，你還要往前走，才能讓那個更好的人牽著你繼續走下去呀。晚安。

36.

很多時候，不是被欺騙無所謂，而是因爲太愛這個人，所以即使被欺騙了、受傷了，即使相信他已經比懷疑他還要花更多力氣，即使踐踏了自己的原則沒有了自我，還是一再的努力說服自己、騙過自己，再給對方一次機會。因爲你總是相信，這也許就是最後一次了，他會改、會進步、會珍惜、會體諒，直到下次又發生一樣的事情，又掉進了這個漩渦，又再次遍體鱗傷。所以，千萬不要把信任當成籌碼，因爲一揮霍完就沒有了。

§

親愛的，你知道嗎？欺騙與背叛，永遠都是蓄意的，不會是不小心的。與其爲對方找千千萬萬個藉口，不如爲你自己找一個理由放下，你不需要再花很大的力氣，去說服自己相信他，你只需要多愛你自己一點，你的愛、你的好、你的善良，都應該留給值得的人，那個值得的人，會讓你知道，相信一個人是很輕鬆幸福的，不必費盡心力，只要你感受因爲愛你、珍惜你，所以他願意爲了你自愛自律，不讓你擔心。晚安。

37.

「因爲有你在，所以就算有不好，也都會變得好。」我知道即使會遇到很多困難，我們還是會一直牽緊彼此，面對所有的好與壞，這是兩個人相處最好的樣子，因爲陪伴是我們能給對方最珍貴的禮物。

§

小時候，我們總在追求心目中的王子與公主。擇偶的條件有百百種，好面子、想要光鮮亮麗、渴望轟轟烈烈，就像得到了一朵漂亮又鮮豔的玫瑰，你緊緊握著不肯放手，卻忽略了自己因爲太緊握而被刺的滿手是傷。漸漸長大，你發現，玫瑰固然吸引人，但你想要的，只是躺在柔軟的草地上，吹著和煦的暖風，那樣的平凡簡單。

§

親愛的，你問過自己談戀愛是爲了什麼嗎？你的戀愛是爲別人而談？還是爲了自己？你有沒有因爲想要迎合別人，而去委屈了自己？那些看起來絢爛又稍縱即逝的過往，無論傷心或是快樂，都只會是你人生某一時刻的風景，眞正陪你到老的，會是最平凡簡單的幸福日常，而你回頭看到的那個人，那個一直陪著你過生活的人，就是最好的人，因爲有他在身邊，所以什麼都會很好。晚安。

38.

「我也不止一次的埋怨過老天，老對他說，你對我不好，你讓我經歷過很多奇怪的磨難，遇到很多不開心的事情，但我現在知道，原來他把最好的留給我。」這是吳奇隆與劉詩詩的婚禮誓詞，也是一直以來我覺得好感動、好浪漫的一段話。

§

長大的過程，沒有人教過我們怎麼談戀愛，怎麼去愛一個人，所以我們總是用自己的方式去嘗試、去摸索，懷疑過、傷心過，再慢慢摸索出愛的樣子。

§

轉身離開，比擁抱一段感情還要難上許多，要有足夠的勇氣面對離別、接受失去，所以

有些人，明知錯了，但因為不夠勇敢，所以抱持著「將錯就錯吧」的心態，一直在錯的關係裡面載浮載沉，總會有種想法是，「離開比現在承受的還要痛，兩者取其輕，所以你寧可現在繼續著也不願轉身離開。」可因為你現在錯誤的執著，所以對的人遲遲無法到來。

§

親愛的，在挫折中你總會問過自己，我值得愛嗎？我會遇見對的人嗎？我會遇見那個珍惜我比珍惜自己多的人嗎？還有那個最重要的一題，對的人什麼時候來？就在你轉身離開，揮別錯誤之後，對的人很快就會來，所以，別讓他等久了，等到那天你還要好好抱抱他，跟他說一句，幸好遇見你。晚安。

39.

比起所謂的門當戶對、家世背景、個性，更重要的是，我們因爲愛對方，跨越所有的不同努力溝通與磨合。

§

所有磨合，都是因爲相愛的緣故，吵架難免，但吵過頭也容易傷害感情，情緒是需要時間消化的，有時候我們太在意自己的情緒與感受，覺得對方「怎麼可以這麼指責我？怎麼可以這樣傷害我？」一來一往都是對彼此的一種傷害，僵持不下、堅持己見的時候，我們忽略了自己受傷的同時，對方也受傷了呀。

§

親愛的，你要看的，這個跟你吵架的人，願不願意在彼此情緒消化代謝後，跟你坐下來好好溝通，吵架彼此都有情緒呀，可珍貴的是，因爲在意你的感受，願意努力先把情緒與對錯放在一邊，牽著你，與你一次次溝通一起往前。晚安。

40.

那些當時熱戀的怦然心動，都只是讓你感受到愛情，而不是維繫愛情的方法，能維繫的，是對方願意讓你安心的那顆眞心。

§

心動，是你看見一個人，而他在你眼裡總是閃閃發光，所以你以為靠著這道光，所有的愛情、所有的相處都會一帆風順，所有的缺點都會被掩飾，可只有心動卻沒有心安的愛情，一點風吹草動就亂成一團，簡單說，心動、迷戀不能讓你當飯吃，只擁有這些，也不能算是愛情，心動，只是一剎那的感受，心安，卻是長久踏實的快樂。

§

親愛的，走過熱戀期的你們，心動會慢慢消逝，可一段心安的愛情，才能讓你在愛裡越來越堅強，越來越成熟，因為夠穩定，所以你不需要花很多額外的時間跟心力，去處理自己的負面情緒或情感，那個不止讓你心動更讓你心安的人，你們的愛情肯定走得長、走得遠。晚安。

41.

眞正好的愛情，是我在你身邊樂於付出，而我很快樂，不委屈、不勉強，更重要的是，你會珍視我的這些付出，因為你知道，所有我對你的好、為你做的每一件事，都不是因為我「必須」或是「非得」這麼做，只是因為，我愛你。

每一段關係
都會走向親情
唯一不同的是
你有沒有心想用心經營

§

親愛的，人會習慣接受、習慣被愛，找到一個讓你想付出的人不難，因爲只要愛一個人，付出這件事會奇妙的，變的簡單、變的快樂，難的是，找到一個會珍惜你的付出，知道你不是理所當然，而對你的付出充滿感謝與感動的人，那那個人，一定非常愛你，也更值得你把最好的愛都留給他。晚安。

42.

將心比心說起來很簡單，做起來卻很難，我們總是把對錯擺在前方，然後嚴格審視對方有沒有做好？有沒有做對？忘了更重要的是，你們有沒有互相傾聽？

§

我們總是習慣先質問對方，你爲何這樣？卻沒有想要去瞭解他爲什麼這樣的原因，憑心而論，衝突摩擦發生的時候，你有沒有好好的、認眞的，想聽聽對方的解釋、對方的需求？你有沒有先放下你自己心裡的標準，去傾聽對方的感受？

§

親愛的，即使不同，卻願意將心比心的體諒對方，會少去很多的爭執摩擦，也會多很多的溫暖與愛，當感受到對方的體諒和讓步，誰對誰錯會瞬間變的不重要，重要的是，你們因爲愛對方，互相體諒對方的善意，還有彼此包容的眞心，才是最珍貴的。晚安。

43.

#雖然沒有天生一對，但我們後天磨練，成爲彼此的絕對

「也許我一開始，不知道你喜歡什麼、不喜歡什麼，但我會努力的記得所有你講過的話、以及關於你的一切。」關於磨合與適不適合，我覺得沒有絕對的答案，都只取決於彼此的意願而已，相識、相愛、再到相處，都是需要兩個人一起學習、一起練習。

§

該「磨合」的，是生活中的價値觀以及小習慣，絕對不會是不合理的行爲跟想法，比如，屢屢欺騙你、讓你多次傷心流淚，不尊重你的想法，總是不想和你溝通的另一半，這就不在你需要磨合的範圍內。磨合與變成適合的前提都是，你們很相愛，並且一起往對方的未來前進著，只是這些過程，需要你們付出一些時間，一些努力。

§

親愛的，也許你會問自己，爲一個人改變、花時間與他磨合，值得嗎？但如果相愛的你們，很確定未來就是要牽著這個人繼續往下走，那現在的一點練習、一點付出，將來可以變成彼此的絕對，是一件多浪漫又幸福的事。晚安。

44.

#我只需要你的那句，「沒事，有我在。」

「其實不需要太多的山盟海誓，或是各種浪漫表白的儀式，我想要的只是，不管發生什麼事，你都會在我身邊。」發生任何事情的時候，無論好的、壞的，大部分你總是第一個想到另一半，想跟他分享、訴苦，你要的其實不是，他給出多有利的建議與方法，而是，有個人與你同甘、和你共苦。

§

看過幾次問答後，我發現女生常常覺得男生不懂自己，「爲什麼我傷心難過你卻不安慰？」男生卻覺得女生不夠理性，「你該做的是解決問題，不是被情緒綁架。」因此感性與理性的磨合開始分歧。身爲女生，我能同理的不能再多的就是，「我沒有要你幫我解決問題，我只是想跟你分享，想要有個人都跟我站在同一陣線，不管如何，都會跟我說聲：沒事，有

「適合」的人，

不一定是個性相同，

而是跟你

「有共識往下走」的人。

我在。」

§

親愛的，能被理解是幸福的事，而能夠被心愛的人無條件的理解包容，更是這世間最珍貴的事。我其實不需要任何解決方式、各種大小叮嚀，我只需要那一句：「沒事，有我在。」讓我知道，不管這個世界多煩，現在我有多低潮，總有個愛我的人，會一直讓我依靠著。晚安。

45.

何謂眞命天子、眞命天女？外貌？身高？家世？這些標準都不及一顆愛你的心。對方的條件再好，只要他不夠愛你、對你不夠好，不管他自身的條件多好多吸引人，一切都是空談，因爲他的好你得不到。永遠要記得，樣貌會老去，迷戀會淡卻，可是眞心卻會被永遠記得跟留下。

§

親愛的，那些你曾經覺得自己很愛、很重要、不可或缺、不能失去的人，說明白都只是你自己的一廂情願，對方也許並不這麼想，你生命中最不能錯過的，是那個願意把你放在心上，那個明知道也許會有爭吵，有大大小小的磨合，卻還是和你一步步一起往前走，因爲這樣，他的好、他的眞心，才會全部完整的屬於你，讓你不用再害怕失去，也不會失去。晚安。

46.

#習慣也是愛嗎？

有句話說，「不是因爲需要你，才愛妳，是因爲愛妳，我以才會需要你。」「需要」只是一種習慣，建築在這兩者之上的愛情，只會充滿不安與焦慮。

§

你想過你們爲什麼留在對方身邊嗎？因爲愛？還是因爲習慣？「習慣」和「愛」的差別，在於情感含量的多少。如果對方留在你身邊，只是因爲習慣所以走不開，那最辛苦的會是你自己，所以儘管現在會有點痛苦，你也要勇敢的告別，「習慣」是無法支撐一個人，永遠留在你身邊的。他會持續漂流，直到找到下一個習慣，他上岸了，你還是會失去他。而那時，你卻什麼都沒有了。

§

親愛的，我們都會因爲愛一個人，所以產生習慣，習慣傾聽、分享，可是維繫感情的不會只有習慣，更多的會是因爲愛，因爲愛你，所以想要和你一起生活。還有啊，習慣可以被時間淡卻、改變，但是愛，卻只會因爲時間越來越珍貴，留下最珍惜你的人在你身邊。我習慣你、依賴你，都是因爲我愛你。晚安。

47.

#是因爲愛你，所以才總是把你擺在自己之前

即使相愛，也要擁有照顧好自己的能力，我們可以爲對方付出，也可以適度的依賴對方，可是千萬不要，因爲愛一個人，把自己的全部都給丟了。因爲這樣的你，會沒有新的事情與

對方分享，甚至變得沒有魅力也不吸引人，你付出了很多，對方最後也許不領情還會覺得，是你太黏人了。

§

「我希望你找點自己的事情做。」「不要把重心都放在我身上，這樣我壓力很大。」「你不要什麼都以我爲主。」「你可以多跟自己的朋友出去啊。」其實呀，那個相較起來比較忙，生活比較多元的人，你知道嗎？那個有時候讓你覺得很黏的另一半，他不是沒有事情做、沒有朋友、沒有生活，他是因爲愛妳，才會總是把你的事擺在自己之前，因爲想要有更多時間和你相處，所以就算失去掉自己的一部分，他也沒有關係。

§

親愛的，當你很愛一個人的時候，有時候會不小心想要付出太多、努力太多，想要事事以他爲重，這並不是一種錯，但下次，當你要第一個考慮對方的同時，請先想起自己，你要用一樣的重視，來在乎自己的感受，不要受委屈了，到頭來對方還嫌你煩，這樣多划不來呀，「愛一個人不多不少，剛剛好就好。」當你努力過好自己的生活，那時，曾經抱怨你太黏太膩的人，即使想要回過頭來黏著你，你也不需要了，因爲你有自己更精彩的日子要經營，因爲你的生活重心除了他，更大一部分是屬於自己，這樣的你會是最閃亮的。晚安。

48.

#先低頭不是因爲認輸了，是因爲捨不得你難過

那些吵架明明很難受，卻又可以忍住不找對方的人，到底是怎麼辦到的？

§

吵架一天以內叫做「冷靜」，一天以上叫做「冷戰」、「冷暴力」，也許吵架的本質是件芝麻綠豆的小事，可是爭吵的時間拉得越長，累積的難受跟傷心就越多，而那些先低頭、先示好的人，不是因爲輸了、理虧了，是因爲愛你，所以一分鐘都捨不得你難受，儘管覺得有點委屈，還是願意先低頭跟你合好，這時候，也請好好珍惜這樣的人，走下台階抱抱他吧。

§

親愛的，每個人都有情緒，也一定都會有不理解對方的時候，但我一直都覺得，吵架時，那個願意先放軟的人，一定是因爲很愛你，所以即使不開心，他還是願意把你放在自己的感受前面，這種愛，這種人，比平常說一百句甜言蜜語給你聽的人，還要更值得你好好珍惜，那些捨不得你難受的人，遠比那些只給你快樂的人，還要更愛你呀。晚安。

49.

#離不開的你，是傻，不是錯

離開其實很簡單，那只是一個瞬間、一個念頭，難的是要「決定離開」，以及「離開之後」，到後來，離不開的你，變得越來越不快樂，因爲你明知道身邊的人，也許不是那個對的人，也許比起快樂他帶給你更多的是傷心，所以漸漸的，因爲自己的軟弱跟害怕，你也不再跟身旁的人提起你的脆弱，啊，你也很想成爲瀟灑的人呀，也很想說走就走不回頭呀，可是你因爲很喜歡、很愛一個人，所以遲遲在原地，說的上傻，但說不上錯呀。

§

親愛的，當愛一個人的時候，你是最柔軟的，你會把自己全部交出去，也因此變得容易受傷，放棄很難、離開很痛，你花多少時間喜歡一個人，就要花雙倍的力氣跟時間去放下，所以呀，你需要的只是勇敢，勇敢的愛過，最終也勇敢的離開跟放棄，你不需要責怪自己的專情跟執著，因爲這些是你在青春歲月裡，最珍貴的痕跡，你只需要牢牢記住，你多麼樣的愛過一個人，往後，一定也會有個誰，用盡全力那麼努力的愛著你，一定，一定，會有的。晚安。

50.

以前戀愛的時候，你做什麼事總是以對方爲主，因爲對方就是你的全世界。如果問，覺得值得嗎？那時候的你，答案應該是肯定的吧。

§

長大後的你，發現你的世界不該建築在對方身上，你爲了對方捨棄世界，放棄原本自己喜歡的生活、興趣、朋友，不值得呀，不愛你的人還是不愛你，也不會因此感激你，因爲所有的付出犧牲跟改變，沒有人要求你，都是你自己一廂情願。

§

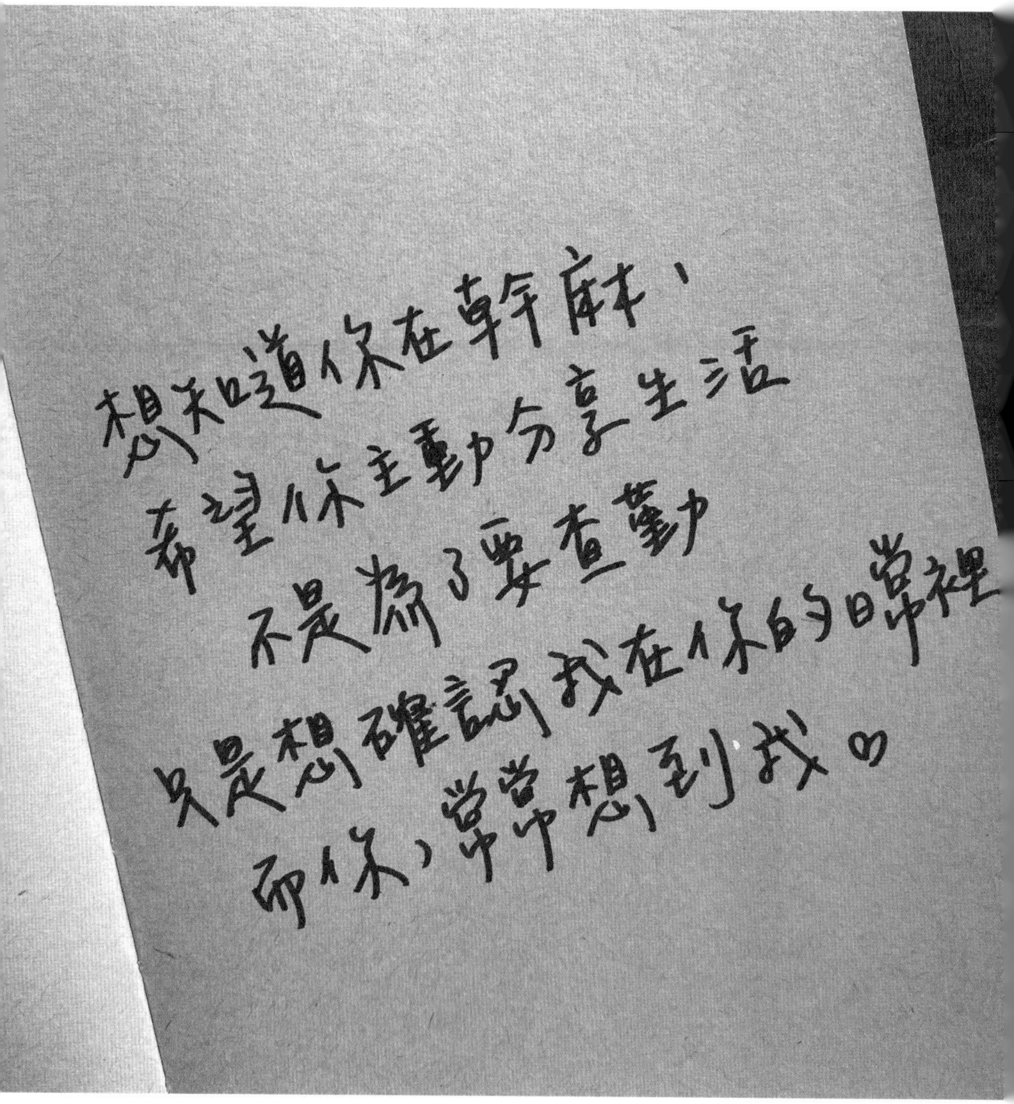

想知道你在幹麻、
希望你主動分享生活
不是為了要查勤
只是想確認我在你的日常裡
而你，常常想到我♡

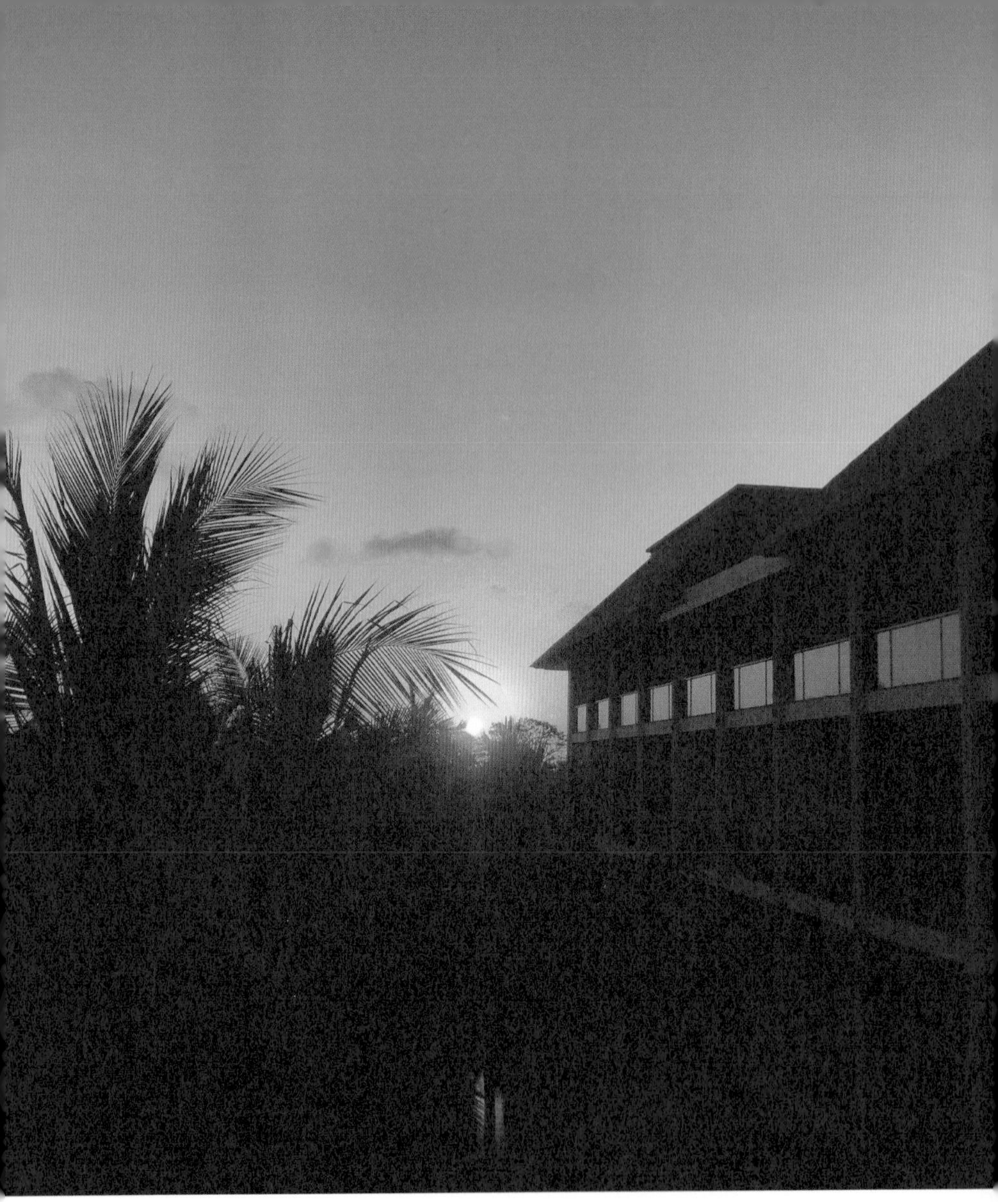

永遠都要保留
你心中最明亮的
那塊地方

§

親愛的，重新開始一個人的生活，要割捨到過去的習慣以及回憶，不容易，也確實會常感到心碎，可是呀，換個角度想，你失去的只是一個遲早會失去的人，因爲他不夠堅持、不夠勇敢以及不夠愛你，正因爲這樣，失去雖然難過，卻不可惜，你要感謝他把完整的你給留下，那些曾經的傷心，都已經過去了，從現在開始，你要很努力的重新生活，把最完整的愛，都留給自己，照顧好自己後，等著下個更好的人加入你的生活。晚安。

52.

#朋友跟情人一樣重要，謝謝身邊的你/妳

一般來說大家可能十幾、二十歲開始談戀愛，可卻在六七歲甚至更小的時候，就上學交朋友。身邊的另一半會換，也不一定會一直是同個人，可有些朋友卻是從以前陪你到現在。所以其實友情之於人生，重要的程度我認爲不亞於愛情，甚至會超越愛情。

§

「停在原地的人，總是痛苦的。」你可能會惋惜、會念舊，爲什麼別人都走遠了，卻只有自己遲遲無法前進，還在想念過往的總總美好，不斷的想著，「如果能回到那時候，該有多好？」感情會遇到這個狀況，友情亦是。過去你以爲，會永遠不變的很多人、很多關係，都會隨著長大，在不知不覺中也變質了，有什麼原因嗎？可能也沒有，就只是工作、時間、生活圈不同，所以和以前不一樣了。很無奈、很可惜，但不管你再怎麼努力想挽回，還是徒勞

無功。

§

親愛的，朋友這種關係很特別，不需要轟轟烈烈，只需要細水長流。長大確實是孤單的，因爲留下的人越來越少了，卻也會讓你看見哪些是，幾次斷捨離，幾次低潮後，還是一直陪著你走到現在的人。有些人，變了、走了就回不來了，卻也有些人，從來都沒有離開過。這輩子能擁有幾個，陪你哭、陪你笑、陪你長大的朋友，就已是最大的幸運及幸福。晚安。

53.

最常見的就是，在愛情裡執迷不悟的你，遇見了渣男渣女，無數次被欺騙、被傷害，善（沒）良（用）的你，還在無止盡的爲對方找藉口，所以身爲你的摯友，爲了避免你繼續在這段感情裡受傷，就算很殘忍，有些話還是必須對你說。

§

無論友情還是愛情，忠言逆耳，是眞的。不夠疼你的人，就會總是說好聽的話給你聽，因爲他不需要去冒險、去承擔，任何有可能會跟你吵架、不愉快，以及任何會影響你們之間感情的狀況發生，他可以避免這些所有的麻煩，可以只要討好你就好。那個不顧一切對你坦白的人，你開心的時候他共享你的喜悅，痛的時候他比你更難受。都是因爲，他很在乎你呀。

§

親愛的，有時候你只是希望對方理解你、體諒你，卻不懂爲何他只是潑了你一盆好大的冷水，不給你任何的支持與鼓勵？愛你的人不怕陪你難過，只怕你不懂得難過，明明受委屈了、吃虧了，還總是往那兒去，他寧可是他先讓你看清事實，也不要你永遠看不清，跌的滿身傷。所以，那個就算知道你會不開心，還是勇敢對你說出眞話的人，才是最愛你、最保護你的人，因爲不管最後如何，只要你一句：「我受傷了。」他永遠都會說，我陪你。晚安。

54.

太在意別人的看法該怎麼辦？我過去也很容易很在意別人的眼光，擔心這個、害怕那個，生怕自己有哪個不小心，就得罪了誰，久了覺得好累呀，因爲付出了很多，可是得到的卻很少，總是花了太多時間在那些，沒有那麼在乎自己的人身上。

§

有些你花了大把時間想抓緊的人，注定都只是人生的一個過客，當下也許很在意，但幾年後回想起來，他們在你人生的篇幅裡，小之又小也沒那麼重要，你甚至連關於他的事情都已經模糊，也記不太清楚，當時那些傷心都已被時間帶走，什麼也沒留下。那些帶給你傷心比快樂多的人，不值得你委屈、討好。換言之，他都不在乎你了，你那麼在乎幹嘛？眞的不用追求被全世界愛著，愛你的人，不需要你特別做什麼，還是會一樣愛你。

§

親愛的，分享給你們我很喜歡的一句話，「不要看你沒有的那一兩分，要看你擁有的那八九分。」人生眞的很短，短到你沒有時間浪費在那些不愛你的人身上，也短到你需要用有限的時間，把你的喜歡、你的在乎，你的愛、你的珍惜，都留給那些愛你的人，只要他們也都一樣愛你，眞的足矣。晚安。

55.

有些人在感情中，很想改變自己，努力想變成對方心中，最完美的樣子，這樣的你，不是因爲愛對方，而是因爲沒自信。你花了好多的力氣，想讓對方更愛你，覺得你更棒、更好，可是到頭來他還是走遠了。

§

有個朋友，在前段感情裡不斷的被要求、嫌棄，另一半總說：「爲何你不能跟那個誰誰誰一樣？」「你怎麼不這樣？不那樣？」「那個某某某很好欸！」所以她用盡全力，想要變成男友口中的，那個誰誰以及那個某某某，儘管身旁的我們都替她覺得心疼、委屈，她也從沒問過自己快不快樂，只希望用自己改變的樣子留住對方，但即使最後，她已達到對方想要的標準，還是分手了。她一直在檢討，是不是自己哪裡還做得不夠好？不夠完美、不夠體貼？我只問了她一句：「如果原本的妳不夠好，那當初他怎麼會喜歡妳？」

§

親愛的，眞正愛你的人，不需要你很努力，因爲你原本的樣子，就是他最喜歡的，你可以輕鬆又自在的，要廢、扮醜、做自己，因爲當初吸引他的，就是你最眞實的樣子，而不是「他想要」樣子。謝謝身旁懂得珍惜你的他，讓你可以一直那麼自在又快樂。晚安。

56.

#其實最常傷害你的人，是你自己

被欺騙了你還會幫對方找理由，告訴身旁的人，他是因為怎樣怎樣，所以才那樣那樣，你忘了替自己喊痛，身邊愛你的人卻比你還急。其實你說的這些理由、藉口，更多的是說給自己聽，想說服自己。

§

上面分享的這句話我很喜歡，最近好多人私訊給我，因為另一半跟好朋友吵架了，該怎麼辦？大部分面對大家的感情問題，我都是聆聽、安慰居多，可是有時候看著受傷的人沒有意識，還在合理化對方傷害你的行為，我真的不解，為什麼那個濫用你的信任，踐踏感情的人說的每一句謊話，你都信了，可是他說他不愛你了，你卻還可以無止盡的催眠自己，他只是在說氣話，這只是過渡期，一個人愛不愛你，你會感受不到嗎？你有靜下心來問過自己，他真的還有像以前一樣愛你嗎？那些謊話，是你真的不知道還是你選擇性的相信？

§

親愛的，你知道爲什麼朋友會因爲你執迷不悟，也跟著生你的氣嗎？你可能覺得自己很無辜、很委屈，覺得爲什麼我都受傷了，連你也跟著罵我？但就是因爲心疼你，所以無法放任你在謊言包裝的愛情裡繼續沉淪，因爲沒辦法袖手旁觀的，看著你一次次的被傷害還不懂得轉身，因爲替你抱不平、替你心痛，所以不管如何，都要罵醒你讓你面對現實。他說的每一句話你都不用再過問了，你只要知道，他不愛你了，是事實，也是現實。所以從今往後，你的愛，不需要再留給他，只要照顧好自己，也不要盼著他回頭，因爲善良的你，值得更好的溫柔及幸福。晚安。

57.

#在有限的生命裡，表達最多的愛。

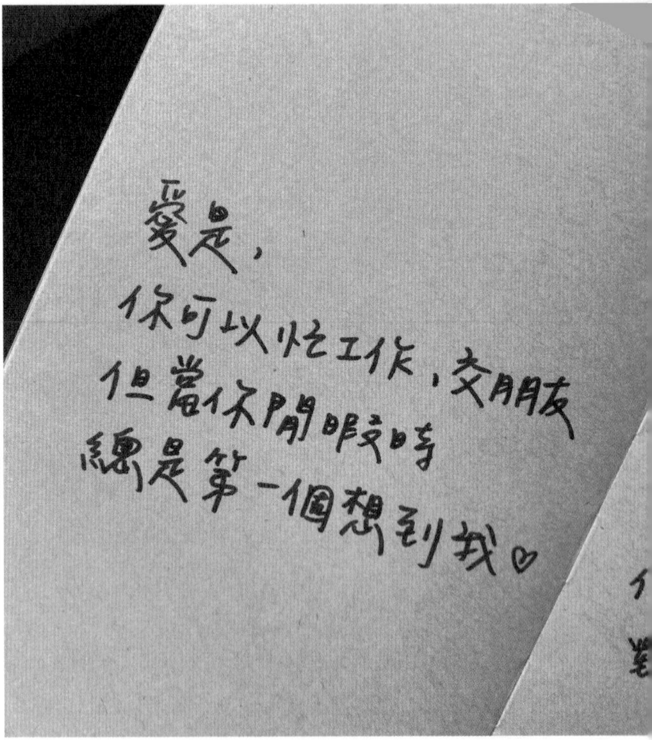
愛是，
你可以忙工作，交朋友
但當你閒暇時
總是第一個想到我♡

長大後，越來越少表達心裡的感受，對於親近的、愛的人，都漸漸的省去表達愛，總覺得他們會理所當然的在身邊。很深刻的記得，兩年前表妹突然離世的那天，得知消息後的那種震驚、呆愣，說不出任何話，伴隨著不捨還有撕心裂肺的痛。在那一刻才覺得，真的有好多話還沒說，好多事還沒一起做，以後來不及說，也來不及做了。

§

親愛的，生離死別，是人生最難、最沉重的課題，沒有人可以練習，也沒有人學得會。大家都知道要珍惜、要知足，但我們總是在失去後，才會「開始」身體力行。愛，真的要及時哪，至少在我們有限的生命裡，用盡全力，努力珍惜，不讓自己後悔，遺憾。萬一有一天意外不幸的來臨，至少你已經讓你愛的和愛你的人都知道，你到底有多愛多愛他。

§

親愛的，別忘了要常常傳個訊息給你愛的人，有空時回家抱抱他們，感謝我們還在彼此身邊，更不要忘了告訴他們，你真的真的，真的很愛他。

58.

朋友、情人，許多人都在你的生命裡來來去去，有些曾經你以為會陪你很久，甚至覺得會一輩子一起的人，卻在某個瞬間，發現對方已走遠了。也有些人你覺得平平淡淡，但總能細水長流，陪著你走過所有。

§

成長過程中發生了哪些快樂的事，我未必會全部記得，有時候時間一久也想不太起來，可我卻永遠記得，某一年的那個冬天，和摯友一前一後的一起失戀，兩個人落魄又無神的走在西門町街頭，沒有靈魂的逛著uniqlo，吃著食之無味的晚餐，怎麼吃兩個人碗裡的拉麵都還剩一大碗，買了電影票進去看了「金牌特務」，每個人都說好笑好看激推的喜劇電影，我看到哭，一轉頭看見旁邊的摯友，也默默在無聲流淚，電影在演什麼我們一點都不記得，只記得那兩個小時，心痛的我們陪著彼此，在電影院度過這脆弱的夜晚。這個故事，還有後續，下次再繼續分享。

§

親愛的，這些人生中的低潮我們會一直這麼深刻，當初的自己有多傷心也會被刻在心裡。相比之下，揮別過去的那些不順遂，現在的幸福並不是理所當然。你會永遠記得，在那

些脆弱傷心的夜晚，誰接起了你的電話，陪著你一夜又一夜的哭，聽著你講那八千五百次的故事，這些傷心會被時間代謝，但陪著你的人，是一輩子的。晚安。

59.

愛你的人，不會在相處的愉快的時候才愛你，他會在每一個瞬間都愛每一個你。就跟喝醉後才會明白一個人的酒品一樣，好的時候，哪個人會無故對你壞、對你兇？爭吵摩擦時，還能顧及你的感受的人，才代表你住在他的心裡。

§

有句話說：「眞正愛你的人才捨不得你受傷。」以前沒有很了解這句話的意義，只想說，應該就是會愛護你的意思吧，漸漸長大，才發現，一個愛你的人，不會讓你傷心流淚後，才悔不當初的回來道歉挽回，這樣的舉動只代表他不夠珍惜你，並且他的情緒與憤怒比你重要，所以才會口出惡言讓你如此受傷。

§

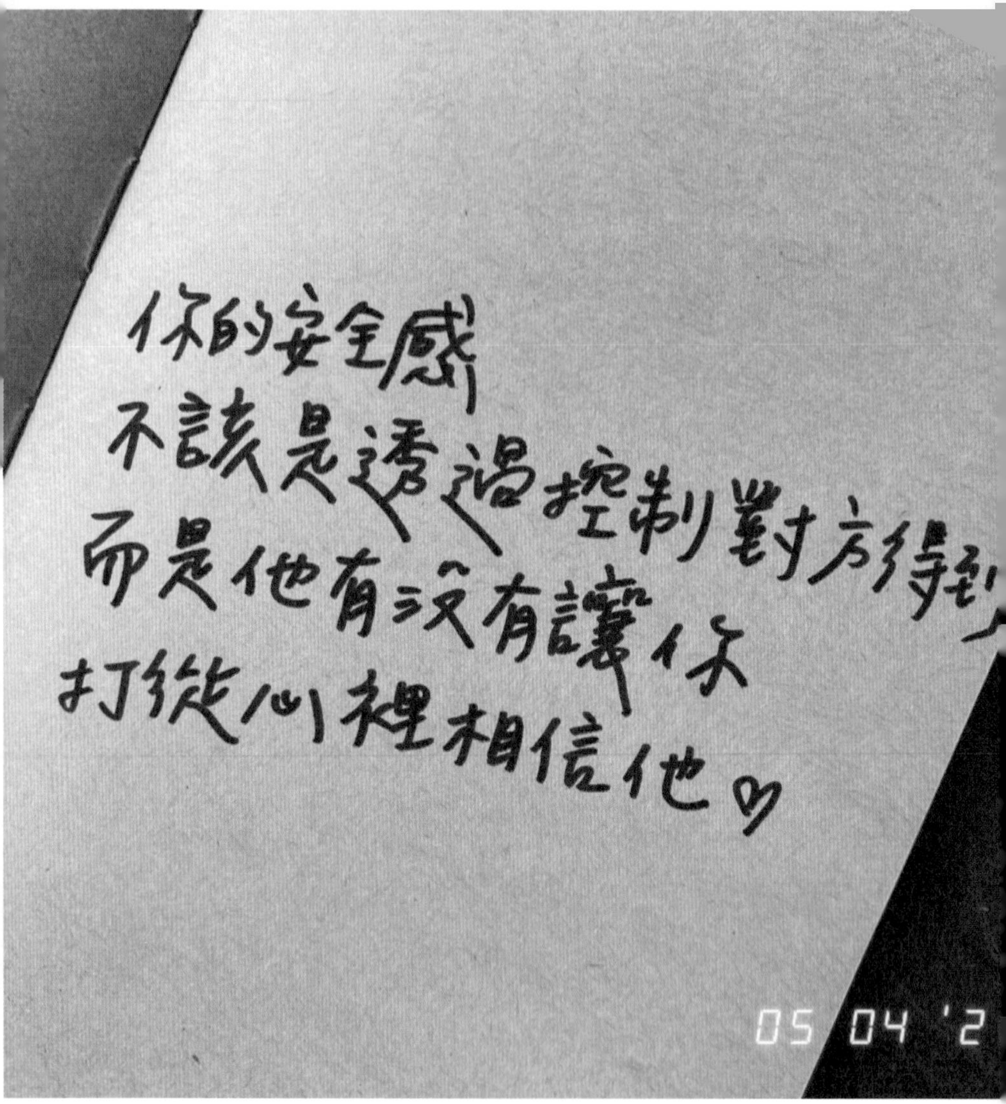
你的安全感
不該是透過控制對方得到
而是他有沒有讓你
打從心裡相信他
05 04 '2

親愛的，常常在該離開的時候，你突然的想起很多對方的好，所以捨不得走，甚至多幫對方以及自己找了留下的藉口，其實這些理由，只是你說給自己聽的而已，這些偶爾爲之的的浪漫與幸福，眞的都不足以支撐你們的感情，那些會對你說出，因爲你那樣我才會罵你甚至動手的人，眞的都不是什麼好人。在一起最需要的，是在彼此沒那麼好的時候，還能一樣好的對待你。晚安。

60.

每個人都說要愛自己，要對自己好，可卻從來沒有人眞正的告訴過你，到底怎麼樣叫做愛自己？愛自己，說起來很簡單，但是做起來眞的需要練習。

§

仔細的照顧自己的生活還有心情，就是最好的表現。我們常常因爲外在的人事物，無意識的犧牲了自己的一部分。比如說，因爲分手了不吃不喝折磨自己，或是因爲別人犯了錯，你失眠了整夜而他卻睡到自然醒，太多太多的傷心、焦慮，以及你以爲的過不去，其實對方根本渾然沒有感覺，你的難受都只是在消磨自己而已。有時候你的自私是必須的，沒有人會責怪你，因爲只有這樣才會讓你的受傷是有限度的。

§

親愛的，我們都知道要很愛很愛自己，但總是會在你太愛某一個人的時候，把自己大部分的愛給分掉了，這沒有錯，因爲懂得付出眞心以及好好愛人，本來就是難能可貴的優點，你唯一要提醒自己的，是你也要一樣的愛你自己，沒有人天生懂得怎麼生活、怎麼戀愛，但我們會在一次次的跌傷裡，慢慢努力練習，努力的包容、喜歡自己、愛自己。你要先照顧好自己，才能擁有更強大的心理素質以及能力，去照顧你愛的人呀，把自己照顧好了，也是你對對方最大的體貼。晚安。

§

61.

#如果是你的，繞一圈還是會遇見的。

「每一種離別，都有它的意義，我們能做的，就是在相處的時候，珍惜每個時刻，不負所有的遇見。」失戀的第一個念頭，總是，我要怎麼把對方追回來？怎麼對方回心轉意？於是開始各種努力、挽回，只希望對方能夠再看見你一次，再給你一次機會，生怕會不會他就是那個對的人，而你就這樣錯過了？

§

長大後，我越來越相信著，是你的就是你的這句話，每一次失戀、離別，雖然都會再次懷疑自己被愛的可能，人不對了，那不管你們在一起多久，都會是彼此消磨，最後還是會走散。反之，如果他就是你這輩子那個注定的人，那繞了一圈還是一定會重逢。所以在失去的

這個當下，請你不要鬼打牆以及過度執著的想要挽回，先照顧好自己，千萬不要一股腦的，只想要和對方和好、復合，但卻不知道自己的執著是爲了什麼。

§

親愛的，時間會證明一切，分手的當下，都表示在那個當下，你們都不是對方對的人，也許需要一點時間的考驗，一些冷靜的空間，再來好好想想，對方對你的重要性到底有多少，有緣，再次重逢，也會是以一個新的樣子出現，不會只是失而復得。那時候你會知道，他眞的就是你這輩子，那個獨一無二不想錯過的人，而你再也不願意放開他的手，就這樣一直一起的走下去吧。晚安。

62.

你傳訊，我秒回；你來電，我秒接；你約我，我立刻答應。那都不是因爲，我的生活很無聊，除了你沒別人，想給你壓力。而是，因爲很在乎你，所以你的任何事情，我都看得比自己重要。

§

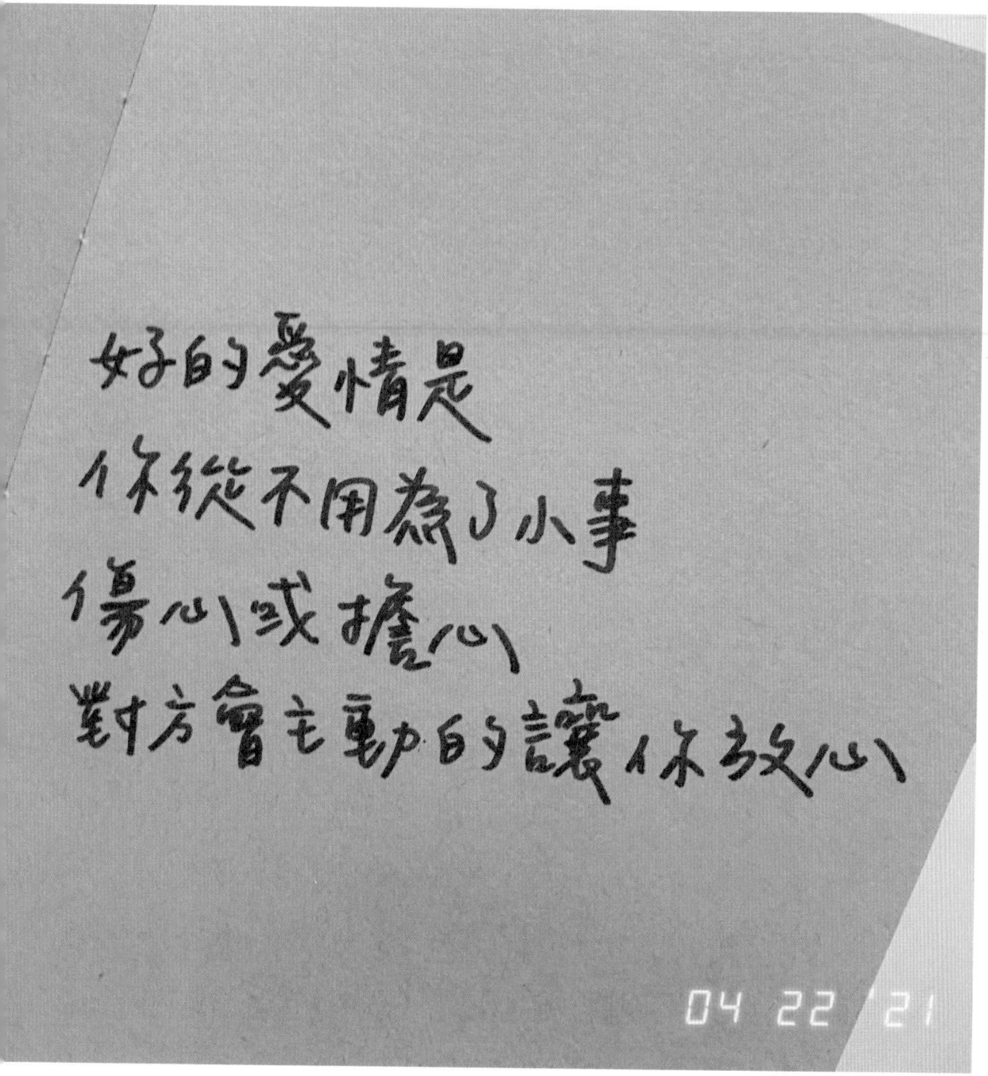
好的愛情是
你從不用為了小事
傷心或擔心
對方會主動的讓你放心
04 22 '21

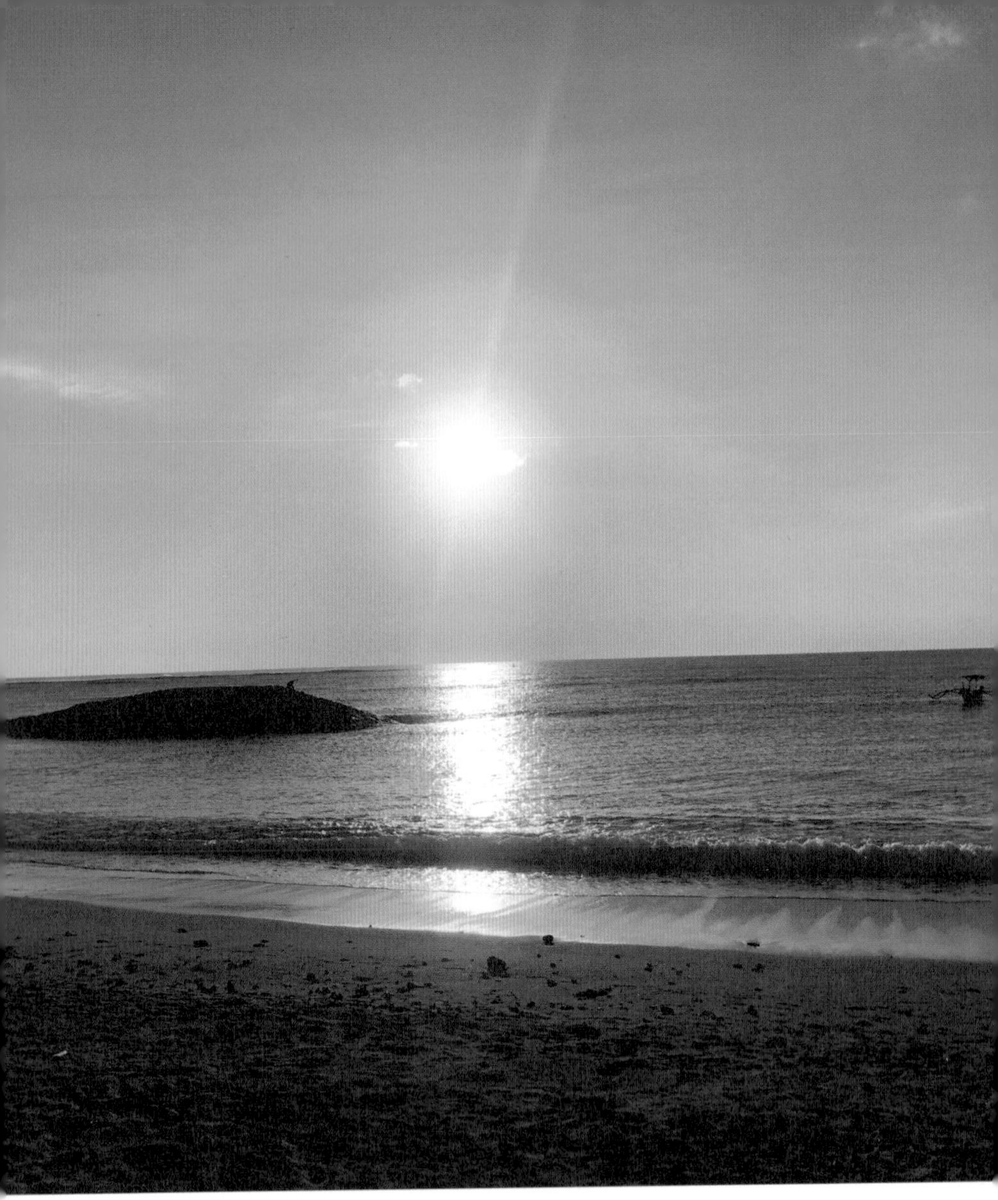

永遠都要保留
你心中最明亮的
那塊地方

兩個人在一起，多數會有一方是比較忙碌的，所以常會有：你要不要多找點自己的事情做？你要不要多跟自己的朋友出去？你要不要擁有更多自己的生活？等等諸如此類狀況發生。吵久了卻還是沒找到一個平衡點，只多了更多的誤解跟抱怨。最後你不了解我，我不體諒你的收尾。

§

親愛的，很多時候，你跟對方很多的不一樣，都是要彼此溝通去磨合，我們永遠不會與生俱來的知道對方在想什麼，就像忙碌的人，覺得你不夠體諒我，還逼得我要表現的，像你在乎我一樣在乎你，晾下的人，覺得我只是希望能有更多時間與你一起，只是比較在乎，我錯在哪？其實你們都沒錯呀，都只是希望能被對方給理解，愛本來就是一個天秤，偶爾這裡高，有時那邊低，無非都是期許這個天秤能夠一直平衡，也希望我愛的你知道，我可以對全世界冷漠，但唯獨對你，我會一直溫柔。晚安。

63.

感情裡最怕的是，對方犯錯就罷了，甚至還讓你覺得自己是個很差勁的人，所以你開始反省、檢討自己，是不是其實是你的問題？但對的人，會讓你肯定自己而不是懷疑自己。

§

有些戀愛之所以越談越糟糕，越來越不開心，正是因爲你不僅沒得到認同感，還失去了所有的信心，越長大越能明白一件事，無論情人、還是朋友，會讓你喜歡自己的，才是你需要留住跟在意的人，合則來，不合則去，眞的沒有必要強求跟彼此傷害。

§

親愛的，愛你的人，不會要你時時刻刻檢討自己，也不會要你委曲求全的配合，遇見一個對的人、珍惜你的人，一定可以深刻感受到，一加一大於二，你喜歡和他在一起的每個時刻，喜歡每一個那時候的自己，都是那麼自在跟舒服，那時候的你，也是最耀眼的。晚安。

64.

#關於，「我下次不會了」和「這又沒什麼」

摩擦發生時，其實你要的，也不是追根究底，的把問題一遍又一遍，全部翻出來再次討論，你要的不過也就是，對方能理解你的心情，讓你感受到被在乎，哄哄你，告訴你，「好，我下次不會了。」

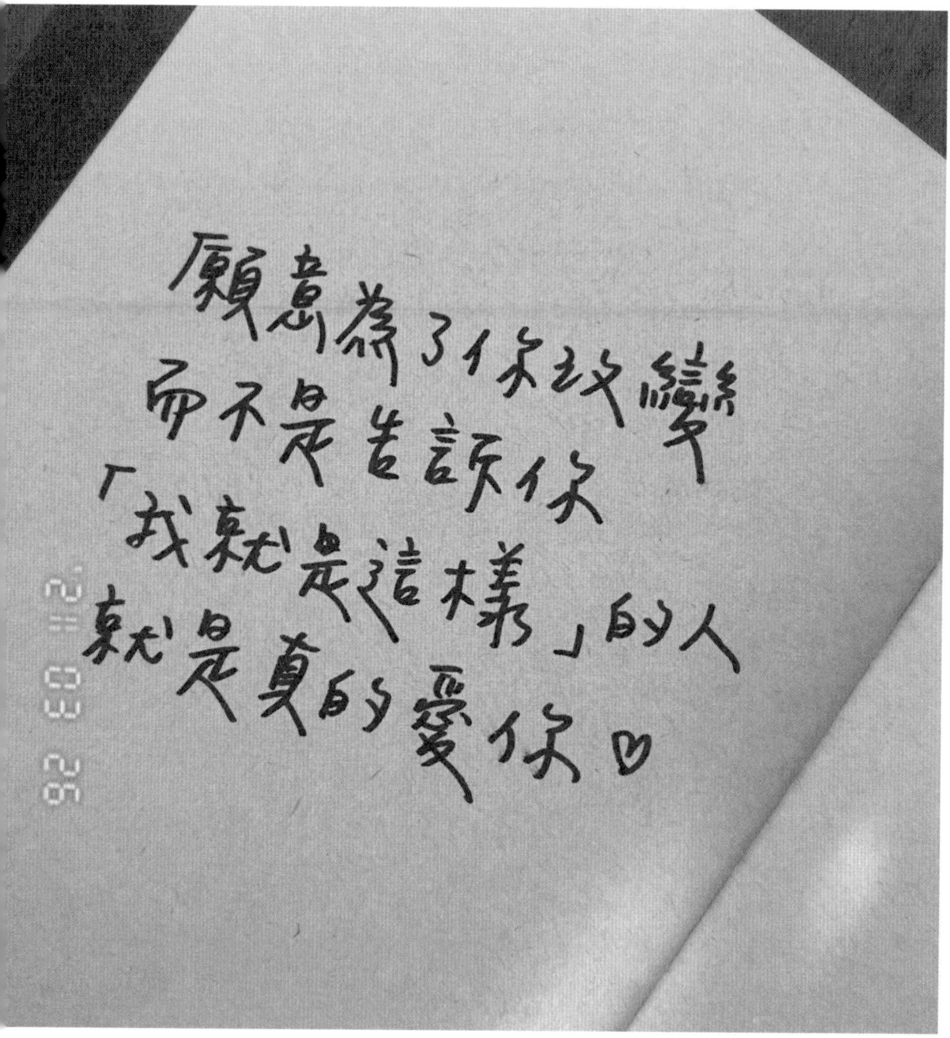
願意為了你改變
而不是告訴你
「我就是這樣」的人
就是真的愛你♡

§

問題發生時，處理的方法有很多，但很多人選擇了第一時間為自己辯駁，「這又沒什

麼」，「你想太多了」，「你小題大作」，可是呀，在乎你的人絕對不會想忽略你的感受，當你提出問題時，他會想辦法解決的問題，而不是自私的把問題丟給你，讓你覺得是自己的錯。反而回過頭來一次又一次的檢討你自己

§

親愛的，尊重你、你的心情，在乎你的情緒，當你不開心時不會想要逃避，而是積極解決，努力給你承諾，一定是很愛你的人，因爲他捨不得你難過，也不會再你難過後，二次傷害你，當然，最重要的是，他對你，永遠會最努力說到做到。晚安。

65.

#如果你的心裡有我，總是誠實，那你的手機裡有什麼，我眞的一點都不在乎

他給了你手機密碼，並不代表你就可以完全的掌控這個人，也許是想要趕快敷衍、解決你的吵鬧，想搞鬼的人，可以有千百種方式，刪訊息、辦別的帳號，擁有另一支手機，防不勝防。

§

你會想看，抑或是偷看，不敢說全部但應該有百分之八十以上，都是因爲你不信任或是懷疑，所以你想確認自己是不是對的，看到了什麼，證明你猜的沒錯，沒看到什麼，你懷疑是不是動了手腳，或是選擇性的安慰自己別想太多，但是呀，你對另一半的信任，不應該以他的手機給不給看來衡量，而是這個人值不值得，有沒有給足你安全感。

§

親愛的，「愛人不疑，疑人不愛。」是我很喜歡的一句話，愛他，就全心的相信他吧，但如果這個人總是讓你傷心，不對你誠實，也就罷了吧，不要再苦了自己。與其想方設法的想看對方的手機，不如也就放手讓自己輕鬆一些，人生很短，你的青春很寶貴，將來你一定會遇見一個人，他的手機密碼是多少一點也不重要，因爲你知道，你已經有了他心裡的密碼。

晚安。

66.

「想知道你在幹嘛，希望你主動分享生活，不是爲了要查勤，只是想確認我在你的日常裡，而你常常想到我。」

你不會希望對方，只是像在開會報告例行公事的告訴你，他幾點幾分在哪、做什麼，對吧？如果想要對方發自內心，主動和你分享自己的生活，不如試著先鬆開對方一點。

§

關於報備，女生會覺得爲什麼你交往前，可以如此積極主動在分享你在幹嘛，時間久了卻連去哪跟誰，都不主動說了，甚至常用忘記了帶過，是什麼原因讓你反差這麼大？男生的想法是，前期我們在互相認識，對對方充滿好奇，因此一定會特別殷勤跟熱絡，可現在，我們對彼此已經很熟悉，有些小細節實在不必在多加著墨。兩個人交往，最重要的是，你不會消失，讓對方胡思亂想，代表著你對對方的尊重。

§

親愛的，分享跟報備一線之隔，但前者比後者多了很多的溫柔和愛，瘋狂奪命連環call，質問你在哪？跟誰？幾點結束？如果是因爲自己沒有安全感，那你要努力克服，而不是透過控制對方來讓自己安心，這種方式只會讓對方想要逃得更遠，甚至用欺騙來敷衍你。但如果是因爲對方常常騙你，那這樣的人也沒有繼續走下去的必要了。適度的關心可以，但過度就是一種感情勒索。可以告訴你愛的人，你的主動分享，會讓我覺得我在你心裡，而我，眞的只是希望，你會在每個日常裡，常常想起我。晚安。

永遠都要保留
你心中最明亮的
那塊地方

67.

「怕一個生氣，應該是不去做那件事，而不是做了以後，再自私的選擇欺騙。」你知道做了某件事，你的另一半會不開心或生氣，表示你知道這只是一件不對的事情，那你怎麼會先做了，然後再選擇欺騙呢？這樣的邏輯完全不正確呀。

§

眞的在乎、愛一個人，是應該避免去做這些具有爭議的事情，也不要做了然後再一股腦的狡辯，想把事情合理化，這樣的想法是很自私的，做了以後，再把問題丟還給你，讓你覺得他是爲你好才會不敢告訴你，讓你一再的退讓，把自己的底線往後挪，這並不是貼心，只代表他愛自己比愛你還多。不要爲了自以爲是的減少摩擦選擇欺騙，因爲這樣只會讓事情爆發後，一切變得更難以收拾。

§

親愛的，一段關係裡面最重要的，就是誠實和尊重，會撒謊騙你的不管理由是什麼，都是不對的，所以請你不要爲對方或是爲自己找藉口，他都不怕騙你你會離開他了，你還在替他圓什麼場？基本的信任都被破壞的話，往後再怎麼修補都無濟於事，愛你的人，自然會選擇避免讓你傷心，因爲他捨不得你難受，更不會想要說謊騙你。我們要當個懂得包容而非縱容的人，又即將到了新的一年，我們都要努力學會，斷捨離錯的人事物，沒有謊言的關係，才是最純粹最值得被守護的，而你的愛，也要留給懂得珍惜你的人。晚安。

68.

#縱使相愛，我們還是可以保有自己的小宇宙。

聽到另一半抱怨：「我沒有自由，你要害我沒朋友嗎，這是我的隱私權。」我覺得該審視的，不是自由或是隱私，而是定位，是因爲你眞的想要時時刻刻知道他在幹嘛，想關心，還是想監控？說到底會不是只是不夠信任？或是對方根本不值得你信任？如果是，那你也不該再繼續折磨自己。

§

親愛的，兩個人在一起就不該有祕密的這個說法，我是不太認同的，因爲戀愛中每個人，都應該保有自己的小宇宙，不被破壞或是打擾，不能有的祕密，只涵括會影響彼此關係的事情，其他屬於個人的大小事，你都還是有權利可以獨享不需要分享的。我們在關係裡需要的，是保持誠實、不欺騙、不傷害，這樣兩個人更靠近了，不管多少自由都拉不開彼此，因爲你們一直住在對方的心裡。晚安。

69.

#每一段關係都會走向親情，唯一不同的是，你有沒有想要用心經營

常聽到你們與我分享分手的原因，是因爲太像家人沒有激情的感覺，這個理由讓人覺得無助又無力，其實我覺得關係出了狀況，太像家人不會只是唯一的理由，一定是因爲有某些事，或是某些時刻，慢慢的消磨代謝掉了愛的本質。導致最後發現的時候，美其名是我們太像家人，白話一點就是我不夠愛你了。緊密的關係需要彼此一起努力，一起做一些彼此共同喜歡的事情，也許是看一部電影，計畫一趟旅行，或是簡單的牽手散散步，都好，讓彼此知道，這些事都是因爲有你一起，所以才美好。

§

親愛的，老夫老妻的愛情模式，並非無趣單調，其實是愛情最美好的樣子，遇過了很多的人，經歷過很多事情，但你們都還是選擇在彼此身邊，這是最浪漫的。一生兩人三餐四季，平凡卻又充滿愛的日常，能夠一直一起牽手走過，已是最大的幸運。在一起久了，也不要忘了要一起努力經營這段關係，還是要常常聊天，聽聽彼此的心裡話，關係才會昇華到更好的狀態，不只是家人、情人，更是一輩子都不能沒有的人。晚安。

70.

#失戀，只是你現在暫時的狀態，你不會永遠這樣，總有一天，你一定會好起來

「剛分手了，每天都覺得很難過，很想對方，不知道要不要挽回，好害怕自己一直是這樣，永遠好不起來。」這是你們最常跟我分享狀況，每次都覺得好像看到以前的自己，上面這段我手寫的，是好多年前某一次失戀，對當時的自己有好多的懷疑，不知道未來自己會如何？會不會好起來？只覺得現在很難受、很害怕，後來寫下了這段話給自己，希望我能一直鼓勵自己，雖然不知道要多久，但我一定會好起來。

§

失戀就好像一場感冒，有些時候，你可能稍微有點預兆，覺得好像怪怪的，也有很多時候，莫名其妙的一覺醒來，你就重感冒了。該來的還是會來，這是你沒辦法改變的事，所以接受，並且慢慢治癒，才是你面對該具有的態度跟勇氣。失戀是暫時的，不會一直是這樣，隨著時間消逝，以及自我的成長及調適，你的難過會被沖淡代謝，留下的會是更好的你。

§

親愛的，儘管你現在正在低潮的泥沼裡，總有一天，你一定會痊癒的。未來一定會有個

人，幫你撥開所有的烏雲，他會帶走你所有，對愛的質疑、不安、害怕，陪你一起看見陽光，讓你的世界不再黑暗，再次面對愛也會重新充滿信心，而你會再次擁有幸福，並且被溫暖的照亮，守護著，就算傷心也別忘了，你一直是最好的呀。晚安。

71.

#兩個人在一起，當然可以有異性朋友，但只是希望，對你而言，比起他們我有那麼一點特別

有另一半了，還可以有異性朋友嗎？跟異性朋友的相處應該是什麼樣子？在我們成長的過程中，上學、職場、甚至是交友圈，不可能有零異性友人的狀態，所以，有異性朋友是正常的，但如果對待異性友人，跟對待另一半一樣，甚至是更親密，讓對方擔心、不安，那這樣的關係就是不合理的，因為你們已經超出朋友間該有的範圍。

§

擁有自己的交友圈，是很幸福的事情，朋友可以在適時的時候給予你意見，分擔你的喜怒哀樂，接住你的情緒，但卻不會有過的肢體接觸，以及親密互動。上週有個女生問我，男友總是與異性友人，保持過於親密的聯繫，還會理直氣壯的質問她，為什麼要限制我的交友？為什麼我不能有異性朋友？我想了想，如果他對你，跟對他所謂的異性友人毫無差別，

甚至總是會有超越友誼的行爲，你爲什麼要選擇當他的另一半？不要被對方的自私給話術，或是總是被那句你想太多給搪塞，覺得是自己不夠大方。再者，交往中的兩個人，懂得尊重彼此的想法及感受，是最重要的。

§

親愛的，正常的情況下，我們都不該過度去干涉跟窺探，對方的交友以及隱私，有個人跟我說過一句話，令我很印象深刻，他說：「異性朋友能給我的，哪件事情是另一半給不起的？」是呀，正是如此，有什麼事重要或是隱密到，你需要隱瞞對方，刪掉訊息、偷偷赴約，如果心中的分寸跟避嫌都做得很好，那有異性朋友是再自然不過的事情。其實你要的不多，就只是希望對方知道，在你心裡，我永遠是最特別的那個人。晚安。

72.

接受並且改進自己的缺點，一直都是一件不容易的事情，尤其是如果這些不完美是從另一半的口中說出，第一時間你一定只會覺得天崩地裂，天啊，你怎麼會這樣子想我？我在你心裡到底多糟糕？

§

千萬不要以爲只要忍耐就可以放棄溝通，一起努力、一起變好，才不會發生「我再也受不了你了」的狀況，被丟下的人覺得一頭霧水、莫名其妙，有那麼嚴重嗎？你以前幹嘛不說？爆炸的人覺得已經到達臨界點，再也無法忍受跟退讓，因爲忍耐跟退讓終究不是解決問題的根本辦法呀，適度的忍耐跟包容是體貼、是善解人意，但過度的縱容還有強迫式的忍耐，只會將一切變的更糟糕最終覆水難收，最後連改變跟努力的空間都沒有了

§

親愛的，其實眞正愛你的人，不是受夠了你最後離開你的人，也不是一直忍耐你的缺點放在心裡，然後最後說一句「我不敢說我怕你生氣」的人，而是，願意指出你的缺點，儘管知道說出來你可能會不開心，但因爲希望你、希望你們變的更好，還是勇敢的跟你溝通，沒有離開你，陪在你身邊，陪著你一起變好的人，這樣的人才是眞正珍惜彼此，值得牽手走一輩子的人。晚安。

73.

#適合的兩個人，是你們的溝通，不會總是變成爭吵

「跟男友總是無法溝通。他永遠沒辦法get到我在意跟生氣的點，都會變成我在無理取

鬧，久了覺得好累。」溝通不是單方面陳述自己的立場，也不是另一方一味的接受跟改變，而是要先拋開彼此的情緒，兩個人都講出心裡最眞實的想法，再來彼此配合調整。

§

有時候不知怎麼搞的，你原本想要溝通卻變成吵架，沒有想要引起爭端的話題，最後不歡而散，難道兩個人意見不同，就沒有任何相互理解的可能嗎？其實也許你只是用錯方法，你的溝通，除了表達自己的想法以外，更重要的是要理解，對方到底哪裡和你不同，所以，你的「我覺得」，後面如果可以再加一句，那你覺得呢？這樣對方感到舒服的多，也會覺得自己有被尊重和傾聽。彼此才能夠有溝有通。

§

親愛的，如果你們的溝通總是會變成爭吵，那也要好好審視，是你用錯方法？還是其實對方沒那麼在乎你？千萬要記住，愛你的人，即使和你大不相同，但也一定會願意，跟你溝通、聽你說話，一起解決問題，過程花再多時間都是值得的，因爲這些都是你們要走得更遠的墊腳石，未來要一直牽著彼此一起走下去，也要謝謝身邊的那個他，總是願意與你溝通，而你，很珍惜。

74.

「親密關係並不是在一起越久，就越不需要經營。不管在一起多久還是要努力讓彼此的心更靠近。」前幾天看了我很喜歡的作家張曼娟的一篇文章，大意是在探討，當愛情變成親情，究竟是昇華還是退化？

§

常常收到好多私訊跟我分享，另一半提出分手的原因，是因爲太像家人沒有激情的感覺，這個理由讓人覺得無助又無力，其實我覺得關係出了狀況，太像家人不會只是唯一的理由，一定是因爲有某些事，或是某些時刻，慢慢的消磨代謝掉了愛的本質。導致最後發現的時候，美其名是我們太像家人，白話一點就是我不夠愛你了。緊密的關係需要彼此一起努力，一起做一些彼此共同喜歡的事情，也許是看一部電影，計畫一趟旅行，或是簡單的牽手散散步，都好，讓彼此知道，這些事都是因爲有你一起，所以才美好。

75.

#願意爲了你改變，而不是告訴你「我就是這樣」的人，就是眞的愛你

「跟另一半反映問題以及試圖溝通時，對方總是回答我：我就是這樣。不知怎麼辦才好。」

那天收到了一個這樣的私訊，從來沒有人教我們要怎麼去愛一個人，我們與生俱來就是每個不同的個體，相識相愛的過程，才會讓我們慢慢磨合、改變，成爲適合彼此的兩個人。改變，永遠都是互相的，如果另一方拒絕溝通，那只靠一己之力，也很難讓這段感情有所進步與突破。

§

有句話說：「不願意爲了你做任何調整的人，也無法給你眞正的愛。」因爲比起你，他更在意自己的感受以及想法，連一點點退讓或是改變的空間都沒有。兩個人在一起，不需要爲對方喜歡的樣子，而去變成另一個人，也不用單方面的去犧牲委屈，你要的，只是對方跟你在同個平衡點上，一起面對解決問題，一起爲這段感情打下最穩固的基石，一起一直走下去。

§

親愛的，有些習慣、想法，也許已經伴隨著你的另一半這麼多年，但他卻願意爲了你改變自己，那眞的是很愛你的人才能做到。人生很短，世界很大，如果幸運的遇見了這麼一個人，請一定要好好的把握。也要謝謝他，一直這麼的愛你。晚安。

76.

「會造成摩擦的，絕大部分都是小事，但最後都會因爲，參雜太多不理性的情緒，而變成很嚴重的大事。」會吵架其實一點都不嚴重，嚴重的是，對方無視你的感受和想法，還會覺得「沒那麼嚴重吧。」所以變成你太小題大作跟無理取鬧，也許還要反過頭來跟對方道歉，是自己不夠寬宏大量，不夠善解人意。

§

即使不小心犯錯，讓對方不開心了，也有很多方法可以化解不愉快，「對不起讓你難過了」，「我下次會注意」，簡單的一句話，就可以讓對方感受到，「啊，你有把我的感受當成一回事」，而不是只想敷衍了事，或是快速和好帶過，也不在乎你是爲了什麼而難受，更不會告訴你這有這麼嚴重嗎？來責備跟質疑你生氣的原因。

§

親愛的，我們都不是萬能的，但犯錯不該是常態性的，事不過三，愛你的人，就不會因爲同樣的事情，一而再、再而三的傷害你，更不會犯錯以後，還覺得自己被你無故刁難。一些無心的小過錯，可以被包容跟體諒，但蓄意的欺騙跟傷害，就是你不能縱容跟合理化的，你的溫柔、你的善良，不要被不珍惜你的人給踐踏，要留給愛你的人，讓他好好疼愛你一輩子。晚安。

77.

#在乎你，就不會讓你因爲同一件事情，重複的生氣傷心

「道歉，要值得而不是變的廉價。道歉完又犯相同的錯，那就一點意義也沒有。」那天收到一封私訊，大意是說，總是跟另一半爲了同樣的事情爭吵，卻也分不了手，離不開對方。不知道該怎麼辦，首先呢，老實說，絕大多數的人包含我在內，我們都不是別人說、或是別人覺得要分手，就可以果斷的做決定。但你的衡量跟原諒對方的標準，要夠銳利跟有原則。

§

對方一再因爲同樣的事情，讓你傷心難過，是他不夠尊重你，但還原諒這樣的他的你，就是不尊重你自己。你總是相信對方不值錢的保證，也不管他有沒有說到做到，因爲不敢面對對方，也許沒那麼愛你的事實，所以不斷的退讓自己，卻又在下一次傷心時，不知如何是好，因爲不夠勇敢，所以你的傷心總是沒有停損點。

§

親愛的，同樣的事情一再犯錯的人，並不是不小心，而是他吃定你的軟弱，知道你會原諒，因此他可以繼續的耍無賴，繼續的讓你傷心。如果溝通了也沒用，那你要好好想想，你珍貴的青春歲月，是否要繼續與一個沒那麼在乎你的人，繼續相互消耗？不要一直把自己的底線往後畫，讓對方更往前的踩。別因爲怕失去，而強留著一個不在乎你的人在身邊，你的善良跟體貼，都要留給值得的人，才會被好好的珍惜著呀。晚安。

78.

#愛你的人不需要十全十美，但一定要說到做到

「無論是大事還是小事，只要答應你的事，就會說到做到。」如果他說了很多，但卻做不到半點，也都只是紙上談兵，比起那些摸不著邊際的情話，或是信口開河的承諾，說到做到

才是一個人眞正愛你的表現

§

以前我很喜歡聽好聽的話，總覺得安全感會建立在，對方有沒有跟你說喜歡你或是愛你，或是對方有沒有口頭上，答應你的要求，後來發現離開你的，很多都是那些一開始把話說的很滿的人，就像有些人說會愛你一輩子，但是有一天就突然不愛了，你就像從高高的地方，重重的摔下，抱有多少的期待，最後就會加倍的傷心失望。所以你的另一半不需要太完美，但他如果可以記得，每一件他答應過你的事情，代表你在他心中很重要。

§

親愛的，說到做到代表一個人對你的責任，以及最重要的誠信，他不浮誇、不欺騙，總是用一顆最眞誠的心對你，你要找的，是一個不需要太完美，但對你百分百眞心跟守信的人，那當有一天他告訴你，希望未來一直有你，就一定是眞的。晚安。

79.

「一段關係裡，最大的安全感就是，你不需要常常擔心害怕，把日子過的七上八下。」一個人愛你，就會竭盡所能的讓你放心，不會需要你總是擔心這個，糾結那個，他會讓你知道不管怎麼樣，在他身邊，你是最自在最舒服的。

§

每個人在意的點都不一樣，重要的是你的另一半，願不願意傾聽、了解，如果你常爲了小事擔心，那這段關係是不能走長的，因爲你每天都會患得患失，最終兩個人的信任感，也會被日漸消磨殆盡，不會進步的兩個人，就沒有共享未來的可能。最好的愛情，是你從來都不用害怕失去，害怕對方是不是，又要做什麼讓你傷心的事？你要在乎的，只有你們的未來應該怎麼樣規劃。

§

親愛的，雖然大家都說安全感是自己給自己的，但我更相信，兩個人之間的安全感，是來自於互相尊重，不做會讓對方難過的事情，你的所作所爲，都會在乎對方的感受，更不會做錯事以後，還檢討是你小題大作，你要找一個，跟他在一起開心，總是多過擔心和傷心，還有會一直把你放在心上的人，這樣你才會得到兩倍眞心的疼愛呀。晚安。

80.

#愛是，你可以忙工作、交朋友，但當你閒暇時，總是第一個想到我

「在乎你，才會想要在你心中，比其他的事情都還要重要一些。」上週在YT更新了關於克服失戀的新影片後，收到了好多人的私訊，最多的就是，兩人間關係失衡導致的分手，比

較忙碌的一方就容易被覺得不在乎，到底是眞的沒有花心思，還是根本就無所謂？其實我們想要的愛都很簡單，不過是那個你喜歡的人，在他空閒的時間，第一個想起的人，是你。

§

如果總是有一方在等待，心裡覺得失衡，開始覺得爲什麼你跟一開始都不一樣了？爲什麼你可以常常回訊息，常常陪我吃飯聊天，現在卻感覺只有自己的生活，可是呀，也許他的生活一直都是這樣，唯一不同的是，他從需要花時間認識你，到現在變成和你一起生活，時間也許沒有繼續花在，無微不至的噓寒問暖上，但卻更積極的，在爲彼此一起的未來做努力，那才是最重要的不是嗎？

§

親愛的，我們都喜歡有人疼、有人陪，但兩個人相處，沒有固定多少時間分配，才是在乎、才是喜歡，只要心裡有對方就是最好的呀，如果你確定這個人，是愛你的，是心裡有你的，那眼前的這點瑣碎的時間，就讓他獨自擁有吧，他一定會讓你知道，等待都是值得的，畢竟未來，還有好長一段時間，要一起生活、一起變老。晚安。

81.

「每當你越擔心害怕，越沒安全感的時候，越會做些事情把對方綁得更緊，但是這樣的後果，往往只會造成對方逃跑或劈腿的後果」前幾天看到一段很喜歡的話，跟大家分享，因爲不安所以你日子過的更緊張，你的控制造成對方的壓力，導致他更不受控，漸漸的兩個人間，好像只剩下了不信任，找不到當初決定在一起的初衷。

§

一開始相愛的時候，你們相處總是安心，期待的是，下一次什麼時候可以再見到對方，對未來有滿滿的規劃與憧憬，你不需要擔心對方會離去，因爲在他身邊你是最安心的，兩個人間相處一旦變質，最大的問題都是因爲信任，還是那句話要跟你們說，被欺騙、傷心了，都不是你的錯，但不願意面對現實，離開現況，就是你的問題，不要爲傷害你的人跟事找藉口，讓自己越陷越深，這樣你也是在變相的傷害自己呀。

§

親愛的，每一種遇見，都會教會我們不一樣的事，你也會越來越了解，你需要的安全感，到底來自於哪裡，你要打從心裡的相信對方，如果做不到，那就是你們不適合，更不用探討到底有沒有走下去的必要，記住，需要你用控制才能掌握的愛情，是走不久的，有一天你一定會遇見一個人，讓你知道，你不需要擔心失去他，因爲他會一直是你的。晚安。

82.

#在乎你的人，就不會需要你一直爲他找藉口

一個很愛你的人，就不會一直無視你的眞心，也不會想要消耗你的包容，更不會需要你一直爲他的錯誤找藉口，合理化所有他的不合理。

§

「對方做錯了，但自己心裡跨不過這個檻，該怎麼做才能眞正放下。」常常收到這類的訊息，其實眞的很愛你的人，不會讓你有這樣的煩惱，常說是人都會犯錯，凡事事不過三，那都是指日常生活會有的小錯誤、小摩擦、小衝突，不是那些會強烈傷害信任感，或是讓對方傷透心的行爲。

§

因爲心軟，因爲捨不得，因爲覺得放不下，所以不管對方錯的多離譜，你都還是想盡辦

法再爲他找藉口，最重要的，不是你找了什麼樣理由，來說服自己相信，讓自己放下這些疙瘩，而是你根本不該做這件事，你不該爲了原諒對方，而無視自己的感受，也許你替對方找了一百個理由，他還是依然故我，甚至完全不在意你傷心的原因，你的善意如果不能被在乎跟珍惜，那眞的就不需要浪費。

§

親愛的，一個會恣意揮霍你們之間信任感的人，事後再來說他有多愛你，眞的都不需要太當眞，有時候總是心軟的覺得，好像可以再給一次機會，也一直相信著一定有一天會變好的，這些心軟，留給你自己，爲自己想想，如果一直在跟這樣的人消耗下去，他累你也累。因爲有你一直不斷的原諒跟接受，所以他沒有機會眞正的長大與反省，你的善良與柔軟，要留給那個會讓你覺得，自己眞的很幸福的人。晚安。

83.

「你在情緒高點時說出傷人的話，出氣了，洩憤了，事後就算冷靜了，對方還是受傷了。」吵架時千萬不要逞一時之快，因爲你的衝動和憤怒，只會讓彼此的距離越來越遠，兩個親密的人，會有情緒，有爭執、摩擦，都很正常，但用逃避或是冷戰，來處理這些負面情緒，還會讓事情更糟糕。

150

永遠都要保留
你心中最明亮的
那塊地方

「當你回想相處的時候，你可能會忘了你爲什麼而哭，但不會忘記那時候，那個時刻的你，是爲了什麼而笑。」如何衡量對方適不適合你？或是對你來說是不是對的人？兩個人選擇走在一塊，某部分來說不就是爲了可以得到比原本更多的快樂嗎？如果一個人總是折磨你，讓你以淚洗面，常常懸著心，那你原本獨自一人的生活，是不是還過的比較省心以及安好。

§

熱戀期的時候一切都很好，你們一定都是很喜歡對方才會開始相愛，眞正的考驗都是往後才開始，沒有一定要追求，凡事一加一大於二，但至少不能小於二，不需要給彼此的生活增添了更多的負擔以及負面，一個人最能夠表現他愛你的方式，不是說了多少好聽話，或是送你多少貴重的禮物，而是他會盡他所能的，讓你快樂、自在、不受委屈，還有，他會好好的珍惜你。

§

親愛的，最好的愛情，就是當你們有天一起回顧過往的種種，你已經記不清你爲了什麼而鬧小彆扭，對方爲了什麼而有小情緒，但你們都不會忘記，那時候你們一起做了什麼，雖然很簡單，但那天的你，很開心，沒有什麼比你感到快樂還要重要，人生也就那麼長，找個愛你的人一起共享快樂，對的人就會讓你知道，他最大的幸福，就是你的快樂。晚安。

85.

#每個人都想被自己所愛的人肯定

「你的不安與害怕，都只是因爲你希望，你所愛的人可以哄你、安撫你，讓你知道，他會一直在你身邊。」手寫的是我前些日子寫在日記裡的，很喜歡，也想時時刻刻提醒自己的一段話。有時候我們跟另一半相處，無形中都會不小心給予壓力，因爲人其實都會，以自己的角度跟想法出發，希望對方照著你所期待的一切前進，當有點小落差的時候，就容易有情緒、心理不平衡，然後就容易用尖銳的方式，去對待對方，你不讓我我不讓你，最後讓兩個人都受傷收場。

§

但每個人都是需要被肯定的呀，尤其是被你所愛的人。當你失望、失落，對方也會覺得被否定，無論家人、情人、朋友，我們都是渴望能夠被信任以及呵護，你是，對方更是。愛，眞的是一件很矛盾的事，因爲愛有時候會讓我們受傷、脆弱，但也因爲有愛，我們才會覺得幸福、覺得完整，你的一句感謝，一點體貼、包容，都可以讓對方覺得更溫暖，也會更願意

付出。

§

親愛的，我也曾經跟你一樣，總是以爲只要我夠努力，愛情就可以照著所有我想要的樣子進行，但我忽略了最重要的，不是我想對對方多好，而是我有沒有，也讓他們覺得被肯定、也同樣被愛著，想發脾氣的同時，是不是也能先靜下心想個幾秒鐘，對方也許也做了很多改變，也付出很多努力，只是立場跟想法不同，所以你還沒感受到，試著多鼓勵你的另一半，不要總是讓彼此的氣氛劍拔弩張，或許所有的相處都會不一樣，對方也會感受到不管哪一個他，你都無私的愛著，而他是這麼幸運能夠遇見你。晚安。

謝謝你，
愛著全部的我。

Love 039

永遠都要保留你心中最明亮的那塊地方

作　者—愛麗絲Alice
主　編—李國祥
企　畫—林欣梅
編輯總監—蘇清霖
董事長—趙政岷
出版者—時報文化出版企業股份有限公司
108019臺北市和平西路三段二四〇號三樓
發行專線—（〇二）二三〇六—六八四二
讀者服務專線—〇八〇〇—二三一—七〇五
（〇二）二三〇四—七一〇三
讀者服務傳真—（〇二）二三〇四—六八五八
郵撥—一九三四四七二四時報文化出版公司
信箱—一〇八九九臺北華江橋郵局第九九信箱
時報悅讀網—http://www.readingtimes.com.tw
電子郵箱—genre@readingtimes.com.tw
法律顧問—理律法律事務所　陳長文律師、李念祖律師
印　刷—勁達印刷有限公司
初版一刷—二〇二二年十一月十八日
初版二刷—二〇二二年十二月二日
定價—新臺幣三八〇元

永遠都要保留你心中最明亮的那塊地方 / 愛麗絲著.
-- 初版. -- 臺北市：時報文化出版企業股份有限公司,
2022.11

面；　公分. -- (Love；39)
ISBN 978-957-13-9885-3(平裝)

863.55　　　　110021763

ISBN 978-957-13-9885-3
Printed in Taiwan